国际大奖作家作

你本星辰

[美]凯瑟琳·佩特森 著

李剑敏 译

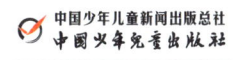

中国少年儿童新闻出版总社
中国少年儿童出版社
北 京

著作权合同登记　图字：01-2022-4559 号

THE SAME STUFF AS STARS
by Katherine Paterson
Copyright © 2002 by Minna Murra, Inc.
Published by arrangement with Clarion Books, an imprint of
Houghton Mifflin Harcourt Publishing Company
through Bardon-Chinese Media Agency
Simplified Chinese translation copyright © 2022 by China
Children's Press & Publication Group
ALL RIGHTS RESERVED

图书在版编目（CIP）数据

你本星辰 /（美）凯瑟琳·佩特森著；李剑敏译
. —北京：中国少年儿童出版社，2022.6
（国际大奖作家作品精选．第一辑）
ISBN 978-7-5148-7448-8

Ⅰ.①你… Ⅱ.①凯…②李… Ⅲ.①儿童小说－长篇小说－美国－现代 Ⅳ.① I712.84

中国版本图书馆 CIP 数据核字（2022）第 077015 号

NI BEN XINGCHEN
（国际大奖作家作品精选·第一辑）

出版发行：	中国少年儿童新闻出版总社 中国少年儿童出版社		
出 版 人：孙　柱			
执行出版人：马兴民			
丛书策划：缪　惟		丛书统筹：邹维娜	
责任编辑：邹维娜		版权引进：仲剑弢	
责任校对：夏明媛		封面绘者：鹿寻光	
插图绘者：毕心怡		装帧设计：禾　沐	
社　　址：北京市朝阳区建国门外大街丙 12 号		邮政编码：100022	
总 编 室：010-57526070		发 行 部：010-57526568	
官方网址：www.ccppg.cn			
印　　刷：北京盛通印刷股份有限公司			
开　　本：889mm×1194mm　　1/32		印　张：10.5	
版　　次：2022 年 9 月第 1 版		印　次：2022 年 9 月北京第 1 次印刷	
字　　数：100 千字		印　数：1—8000 册	
ISBN 978-7-5148-7448-8		定　价：47.00 元	

图书出版质量投诉电话 010-57526069，电子邮箱：cbzlts@ccppg.com.cn

谨以此书献给我的姐妹——

海伦和安妮,

对她们的亲情,我亏欠良多,聊以偿还;

伊丽莎白,

是她,让我离家出走的企图从未得逞;

还有卡罗琳,

我知道,她深爱着我们的兄弟雷。

自序

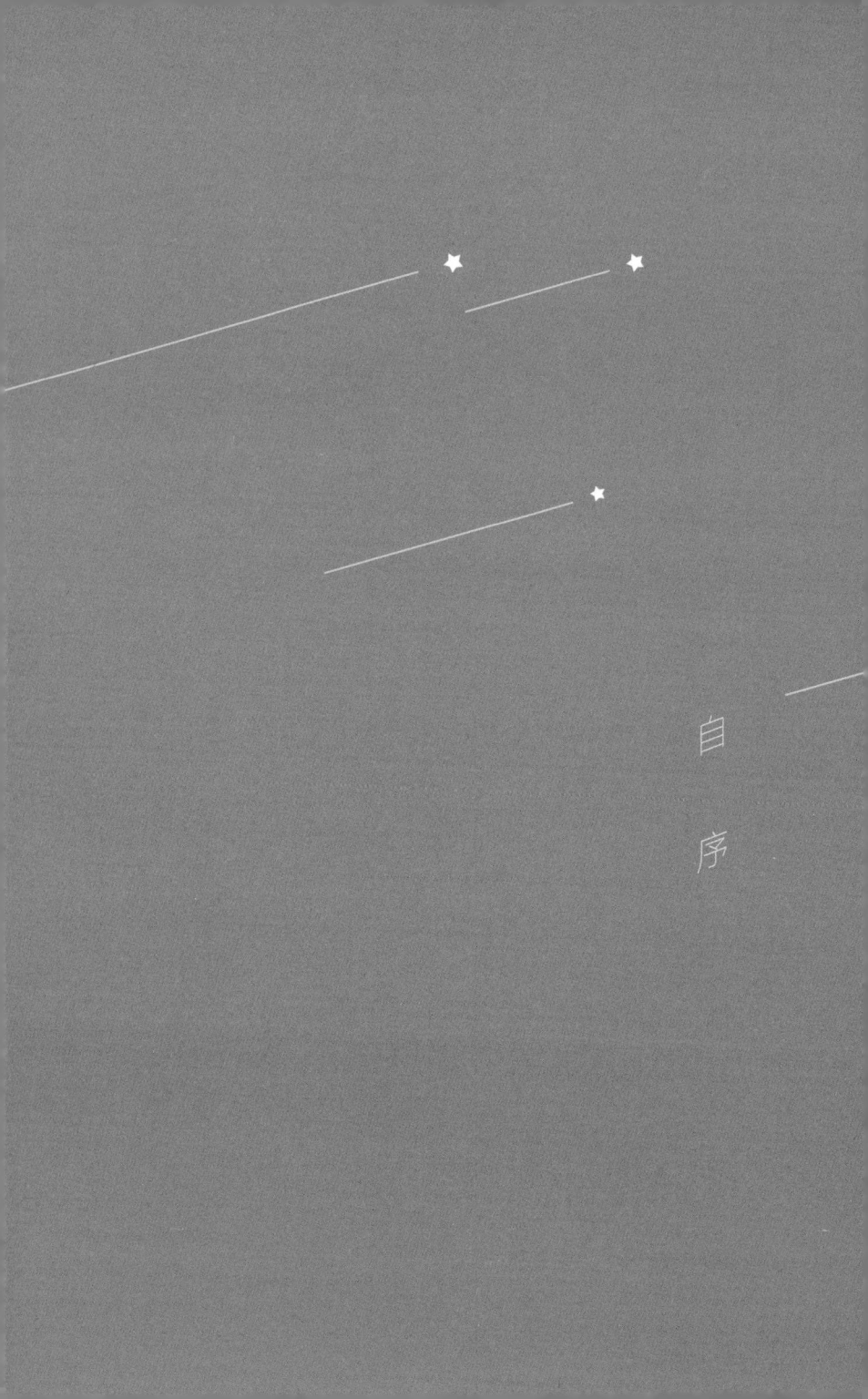

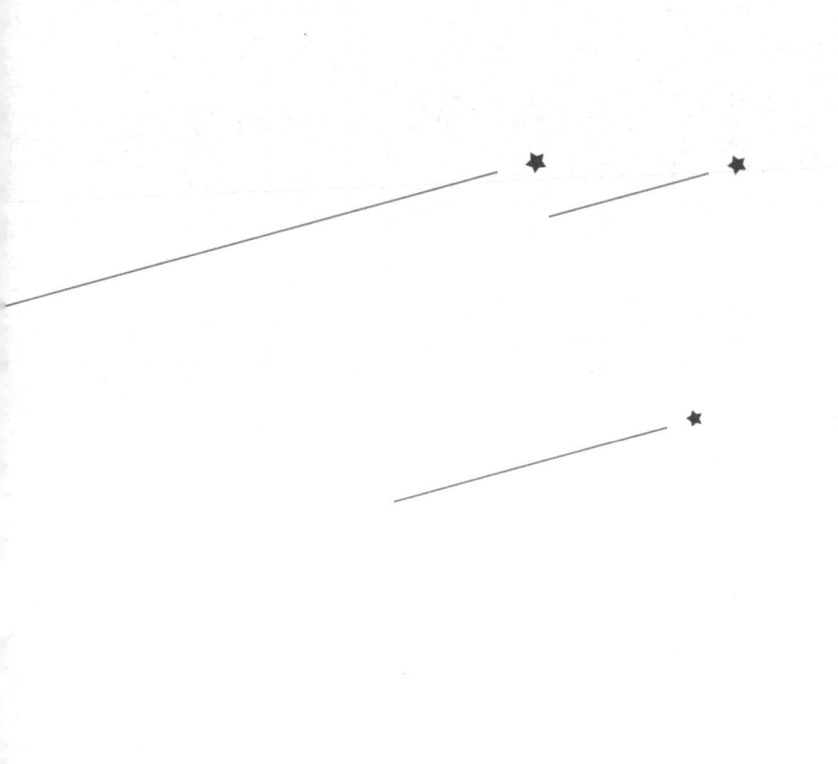

二十多年前,我受邀与一个读书会做交流。这个读书会没有设在家庭、学校或图书馆,而是设在佛蒙特州的一所监狱里。一群正在服刑的人读了我的《养女基里》,希望有机会与作者交流一番。

那是我第一次造访监狱。民权运动时期,我那个无畏的丈夫在塞尔马监狱关过一阵子,但我从未迈进监狱一步。再加上,监狱那航空级别的安检尚未像如今这般司空见惯,搞得我很紧张,我交出公文包、手提包,取下项链、耳环,最后脱下鞋子。有生以来头一遭,我穿过一个金属探测门,以及一扇扇沉重的钢门,身后一扇关上,身前一扇才打开。

好不容易到了一间大屋子,瞅见那个邀我来的教官以及二十个男囚和四个女囚早已围着一张长桌坐定。

我又焦虑又尴尬。我的意思是,如此场合该怎样闲聊开场呢?你不能说"我喜欢你的衣服",因为他们都穿着橙色的囚衣,或者说"嗨,最近忙啥呢?"但是当我们聊到《养女基里》以及这本书对于这些囚犯的意义时,我就不再尴尬了,因为身边的读者显然都很喜欢我的书。

一个小伙子说，十几岁的时候，他在一个寄养家庭跟养母短暂住过一阵子，养母其实待他很好。当时她就希望他能读读这本书，可是——他耸耸肩——"我不是那种喜欢别人对我指手画脚的小孩。我猜这也是我落到这般田地的原因。如今读过这本书，"他又说，"我明白她的言外之意了。"

"只是出于好奇，"教官问，"你们多少人有过寄养经历？"

每个囚犯都举了手。

另一个囚犯问："如果没有特罗特养母，你觉得基里撑得下去吗？"

我当时回答"不好说"，其实这不是我的真心话。因为我确切知道，一个小孩子如果没有至少一个养父母，他或她的生活是撑不下去的。

作为活动的环节之一，每位参与者都获赠一本平装的《养女基里》，所以活动结束之际，所有囚犯都排队等我签名。

"尊姓大名？"我问一个把书递给我的小伙子。

"哦，不是给我自己的，"他说，"是帮我女儿要的签名。她叫安琪儿（天使）。"

那是一个令人动容的下午，可是时隔多年，唯有这句话让我不能忘怀。我想写一本安琪儿——一个父母进了监狱的小孩——的书。

可是只有一个念头，不足以写成一本小说。我经常这么告诉我的学生。只靠一个念头，再怎么勉强，也写不到第四章。一个故事的编织，往往需要一条以上甚至很多条"线头"。那个下午之后，至少过了小十年，有个朋友给住在加州的我送了一本她丈夫编辑的小杂志。封底除了一张超新星爆炸残骸仙后座A①的美图，还有一段引语：

> 钱德拉X射线天文望远镜于今年8月首次拍到这张照片，这可不仅仅是天上多出的一颗星星而已，而是一个不停向银河系喷射物质的"大车间"。
>
> 经由钱德拉X射线影像确认，这些物质中包含

---

① 仙后座A属于超新星爆炸残骸，是太阳系外最强最亮的电波源，且自仙后座A之后再无肉眼可见的银河系超新星爆炸的记录。它距离地球约1.1万光年，并且仍在以每秒4000到6000公里的速度向外膨胀。以此推算，仙后座A爆炸产生的光，最初抵达地球的时间大约在300多年前。——译注

的元素有硅、硫、氩、钙和铁。"这些元素与组成人体的基本元素并无二致",项目科学家表示。

每位作家都熟识的那种快感从我身体一闪而过。上述引语让我产生了一个念头。而我最终确认,这个念头正是我撰写安琪儿的故事所缺失的那条"线头"。

社会抛弃了安琪儿。爸爸进了监狱,妈妈从未尽到母亲的责任。家庭的残局唯有安琪儿一人维持。一位书评人说,安琪儿太完美了。安琪儿并不完美,她只是太焦虑了。当她还是一个小女孩时,就要承受本来不该由小孩子承受的为人父母的重任。但她承受了,与此同时,她还承受着这个世界对她的羞辱——认为她一无是处。直到一个繁星满天之夜,一个神秘的陌生人告诉她,"安琪儿,你本星辰。"我不禁好奇,对于一个被尘世贴上了废物标签的小孩子来说,"你本星辰"这个认识到底意义何在?我给了安琪儿两个养父母——观星人和图书馆馆员丽莎小姐——所以我知道,她撑得过去。

我为世上的很多安琪儿写这本书,但愿他们可以与之相遇。也希望我们这些更幸运的人，可以更加善待、更加同情我们当中的这些安琪儿，并且记住：你我皆为星辰。

凯瑟琳·佩特森
2015年

目 录

1	对着星星许愿	*1*
2	周六探监	*19*
3	小熊翻山越岭	*29*
4	山那边	*47*
5	糖果屋	*59*
6	圣诞老人	*71*
7	观星人	*85*
8	寻宝	*99*
9	天文学	*115*
10	天鹅座	*131*
11	图书馆的丽莎小姐	*149*

12	认识星星	*169*
13	上学	*185*
14	天龙座	*201*
15	北极星	*211*
16	我观看你所造的天	*223*
17	伽利略	*239*
18	流星	*259*
19	尘归尘，土归土	*275*
20	选择像星星一样的东西	*293*
21	小星星亮晶晶	*307*

1 对着星星许愿

尖叫声传来时，安琪儿正在洗碗。她原本以为，声音是来自楼上公寓那对天一黑就要打架的两口子。她拖到很晚才收拾饭桌，觉得今天周五，没准弗娜会按时回家，一家三口可以坐下来吃顿晚饭。

直到尖叫变成哭号，她才意识到声音来自何处。"伯尼！"安琪儿从走廊冲到客厅，甚至顾不得拭去手上的泡沫。伯尼坐在小地毯上，抽抽搭搭的，他盯着沙发，火舌正从破坐垫那儿扶摇而上。"你干吗呢？"她大声嚷嚷，一把拍掉他手上打开着的火柴盒，火柴落了一地,"你想害死大家吗?"

"我只不过想瞅瞅是不是真的烧得起来。"他说,还在抽抽搭搭。

安琪儿冲回厨房,操起洗碗盆,顾不得取出里面的餐具,就往起火处跑。哗啦!咣当当……她把脏兮兮的洗碗水泼了出去。火焰不乐意地嗞嗞响,灭了。她愣在那里,望着水汽,心怦怦跳。等到说得出话来,她不由得一声怒喝:"自己说,伯尼·摩根,你多大了?"

"七岁。"他嗫嚅着。

"是吗?可是你干这些事就像两岁的小屁孩。"她放下洗碗盆,跪在地上,把火柴一根根捡起来,放回盒里。双手还在发抖,"现在我要把火柴盒放好,你千万别再碰它们,听见没有?"她站起来,"你可以帮我把洗碗盆和餐具拿回厨房。"

他跟着安琪儿穿过走廊,餐具在塑料洗碗盆里撞来撞去。"别告诉妈妈。"他说。

"我说不说有啥关系。她一进屋闻到烧焦味自会明白。要我说,要么我被你搞疯,要么我们俩被你害死。"她踮起脚,把火柴盒放到她能够得着的最高的搁

3

板上。伯尼砰的一声把洗碗盆扔到地上。"你又想干吗?"她对着他渐行渐远的后背问。

"看电视。你凶巴巴的,不想跟你说话。"

安琪儿把洗碗盆放回洗碗池,大步穿过走廊。从他手里抢过遥控器,扔到湿漉漉的沙发上。整个屋子眼看着就要"炸裂"。

"还给我!"他说。

"你觉得可以就这么坐在地上看电视,假装啥事都没发生吗?好好想想。"她把伯尼从地上拖起来,"我们去外头等妈妈,然后你自己告诉她你干的傻事。"

他站稳双脚,想用力挣脱她,但安琪儿死死拽住他的手不放,小男孩拼不过她。不过,等安琪儿拖着他出了厚重的前门,到了屋外的门廊,她的怒火也差不多消了。他对什么都很好奇,她本该看着他点儿。妈妈回家后一定会这么数落她:你干啥去了,安琪儿·摩根小姐?差点儿让你弟弟把房子烧了?嘿,你干啥去了?

你自己干啥去了,弗娜?难道你忘了明天周六,我们必须早起?安琪儿松开伯尼的手,走到门廊边坐下,双脚踩着最上面的台阶。比起又热又臭的公寓,外头舒服多了。夏日的溽暑到了晚上也退了一些。"坐这儿，伯尼。"她轻声说，拍了拍身边的空地。他挺着小身板不肯动弹，显然还在生她的气，也有点儿被自己干的蠢事吓坏了。

僵持之间，她似乎听见几个街区之外传来各种嘈杂的噪声。他们这条街又黑又静。几个星期前，不知道哪个家伙——如果伯尼可以把石头扔那么远，她肯定第一个怀疑他——打破了唯一一盏路灯，市政局还来不及更换灯泡。伯灵顿市好像对这个社区的修缮很不上心——跟他们打击犯罪一样敷衍了事。他们住的大房子，被分成两间或更多间破烂公寓，像蹲坐着的肥胖老太婆，隔着坑坑洼洼的窄街，互相打量对方，似乎很不开心。虽然她不喜欢，但这里比他们以前住过的地方强，更别提被别人家收养了。

这时候她瞅见了星星。只有一颗，透过阴沉的夜空，像老朋友一样在屋子上空对着他们眨眼，犹如生活将会越变越好的征兆和承诺。

"瞅见没，伯尼，"她说，"路灯没了，星星反倒更亮了。"

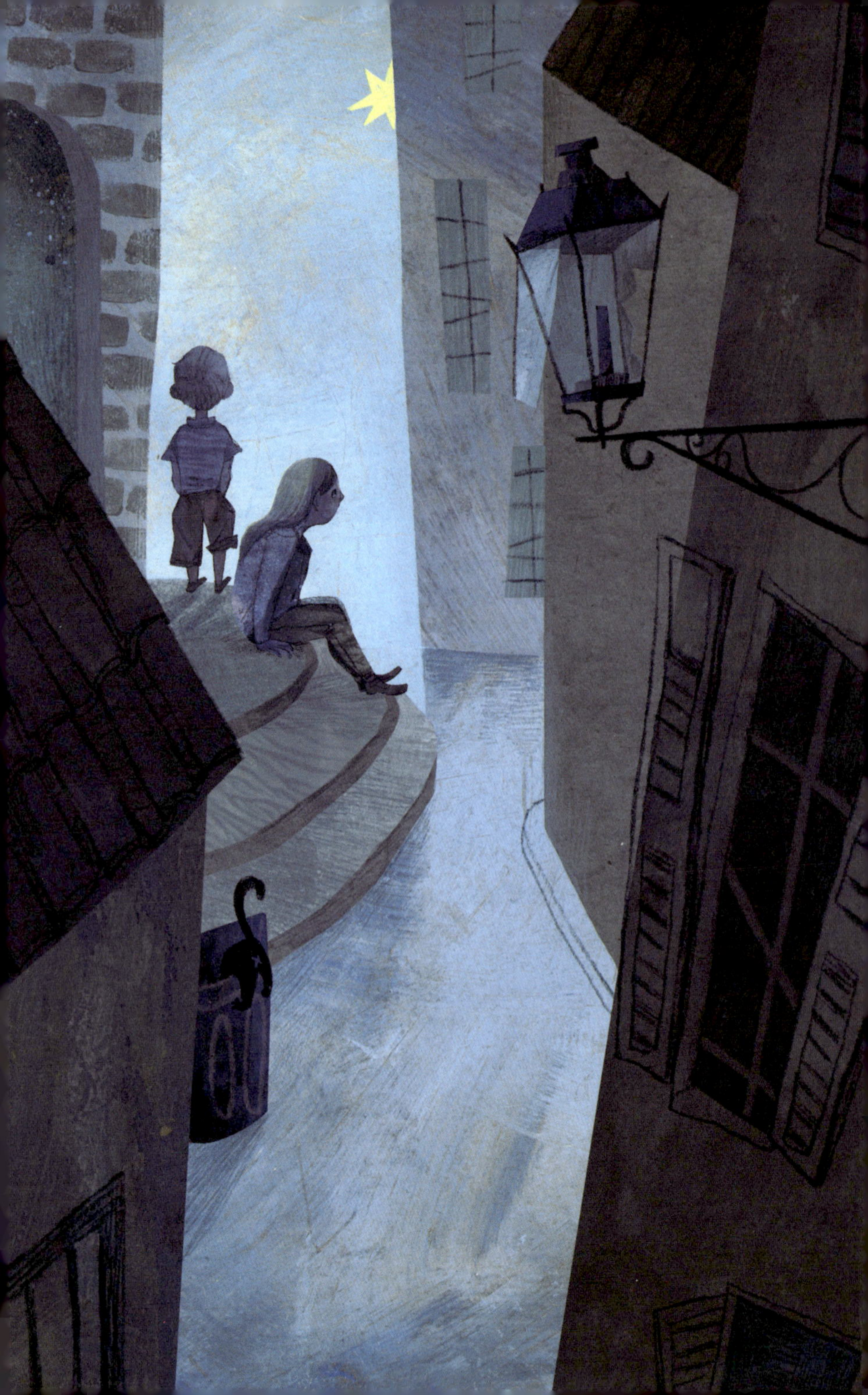

"那又如何？"

"许愿啊。对着恒星许愿，伯尼。"

"我不想。"

"你必须。"

"为啥？"

"因为我让你许愿，可以不？"

"你不能命令我。你又不是我的老板。"

"伯尼，我们必须如此。"她抻着脖子到处瞅，他还愣着不动，小小的后背贴着纱门，"否则怎么让爸爸回家？"

"我不想他回家。"

"不，你想。过来，伯尼，许愿吧。'星星光，星星亮，今晚看到了第一颗星星。我希望我可以，我希望我能够，实现今晚许下的愿望。'来，许愿吧……希望爸爸早日——"

"希望那个笨蛋永远永远永远回不来。"

"伯尼！"她从地上跳起来，双手叉腰，"收回去！你不可以这么许愿！"

"我就要。我恨他。我永远都不想见到他。"

安琪儿又能咋样？伯尼搞砸了，而在佛蒙特州的伯灵顿市中心，没太多机会可以对着夜晚的第一颗星星许愿。如果不是街灯坏了，他们可能连这个机会都没有。现在都被伯尼——被他那个可怕的愿望——毁了。

"我这辈子再也不跟你说话了，伯尼·摩根。"

"好极了。那样你就不能命令我了。"他把大拇指伸进嘴里，正要转身回公寓，一辆车拐进他们这条死胡同，车灯照到了院子。"妈妈回来了！"伯尼说。

"等一下。"她站在门廊上没动，眼睛被车前大灯一照，只能眯着：是一辆旧皮卡，一个急弯上了车道。在这么短的小街，它开得过于快了，从他们俩身旁溜过去，一直开到厨房门口才嘎的一声刹住了。伯尼好像忘记自己闯了大祸，跑向车道迎接从驾驶室出来的弗娜。安琪儿跟了过去。

"你在这儿干啥呢，小家伙？"弗娜有点儿口齿不清，但还算亲切，所以她可能今晚没喝高。

"我们在等你呢。"伯尼说。

如果他们从厨房进屋，没准儿弗娜压根儿不会进客厅，没准儿一切可以等到明天再说。安琪儿不想毁了周六早上，尤其是在许愿被伯尼毁了之后。弗娜该知道还是会知道，但至少可以扛到明早之后再让她发作。

★　★　★

安琪儿就着走廊昏暗的灯泡脱衣服。打开客厅的大灯、吸引弗娜的注意，这不是一个好主意。她拿掉沙发的坐垫，湿漉漉的那个真的很臭。要是她把烧焦的那一面翻过来，没准儿要过好些天弗娜才会发现。至于今晚，她打算把它们藏在沙发椅背和墙壁之间。没准儿到了明早，它们就会变干，不那么臭。她浑身使劲儿，又拉又提，把沙发椅变成她的睡床。妈妈叮嘱她别把床单留在沙发上，但她基本不听。每天晚上铺一遍床单真的很麻烦，再说了，弗娜压根儿不会注意，因为她总是说完就忘。

安琪儿把脱下的衣服搁在壁橱里的梳妆台上。明天一早再收拾吧。她从壁橱搁板上拿到枕头，扔到沙发上，然后在梳妆台最上面的抽屉里摸到她的睡衣，那其实只是弗娜的一件旧T恤，领口将将卡在安琪儿的小肩膀上。

弗娜和伯尼小声说话的声音从走廊那头传过来,听起来似乎很开心,可见伯尼没有坦白他闯的祸。那是肯定的。

躺到粗糙的床单上,她才想起餐具还没有泡水。没吃光的通心粉和奶酪将会像水泥一样牢牢粘在上面。她应该爬起来,把它们洗干净,把剩饭剩菜收好,可是实在提不起力气。太累了,而且,妈妈喝酒了,哪怕明天周六,她也要睡到很晚才起。在那之前,她有足够的时间收拾厨房,并且给伯尼做早餐。

★ ★ ★

安琪儿确定水完全烧开了,才把它冲进一勺咖啡粉里。搅拌停当,端进卧室。

弗娜歪七扭八地倒在双人床上。她的头发虽然染过,但发根处还是黑的,出了不少汗。她的脸,如果好好收拾一下,其实挺漂亮的,如今,哪怕是在睡觉,看起来也很疲惫和难受。每回跟弗娜生气的时候,安琪儿就会提醒自己弗娜的生活多艰,而且一直很艰难。安琪儿和伯尼只在两个寄养家庭待过,就被妈妈领回来,一起住了小一年。弗娜自己则从未与亲生父母一起生活过。她在八个不同的寄养家庭和一个教养院待过,然后跑出来,跟爸爸结了婚。她甚至没有念完中学。我们怎么可以期望她会是一个好妈妈呢?她甚至不记得自己有妈妈。

"妈妈?"安琪儿说,"我给你冲了一杯咖啡。"

"哦,该死,别告诉我天亮了。"

"已经过八点了,妈妈。如果我们不能在十点前赶到……"

"好的,好的,给伯尼弄点儿吃的,帮他穿好衣服。我马上就好。"她翻过来脸朝下趴着,还用枕头捂住脑袋。

"我们吃过麦片了,妈妈,伯尼也穿好衣服了。"他自己挑了T恤和短裤——不是安琪儿喜欢的,但她不想一大早又跟他吵架。自从昨晚险些被他搞出一场火灾,她就懒得跟他说话了。

"好的,给我几分钟穿衣服。"枕头闷住了她的声音,"你可以给他洗洗,我保证他很需要。"

安琪儿把咖啡搁在床头柜上,走向门口。客厅里的电视大声放着动画片。

"伯尼,妈妈让我帮你洗洗。你把电视关了。"

"我还以为你下辈子再也不跟我说话了。"他一本正经地说。

"是'这辈子',不是'下辈子'。哦,少废话,过来,我给你洗脸。"

"才不。"

"伯尼,别装宝宝了,你已经七岁了。"

"我可以自己洗脸。"

安琪儿叹了口气。他还不会洗脸,顶多能拿块布抹抹鼻子,脏东西一点儿也擦不掉。她冲到浴室,刷了牙,好像是为了弥补伯尼的洗法儿,她比平时更仔细地洗了脸。

伯尼还在客厅地板上盯着电视机,嘴巴像小鸟的喙一样张着,仿佛在等待小虫子自己掉进去。他的身体堵住了壁橱的门。"让一下。"她说。他挪了挪双腿,眼睛依然没有离开屏幕。

伯尼看了太多电视节目。安琪儿知道沉迷电视对小孩子的坏处。好比你的精神养分里只有糖，而不涵盖水果、蔬菜、谷物等五大类食物。哈林福德夫人，安琪儿五年级的老师，对平衡膳食原则推崇备至。她还说电视是儿童心智发展的重大障碍，好比吃得不对会阻碍身体发育一般。安琪儿一把夺过遥控器，按下红色电源键。

"嗨！"

"在妈妈进来揍你屁股之前，赶紧去洗脸！"她明知不可以威胁他，但有时候真的没办法。

"我恨你！"他跺着脚，沿着走廊离开客厅。安琪儿一直等到流水的声音响起，才把壁橱的门拉开。

挂衣杆下，顶着柜壁的地方，有一个局部被漆成紫色的梳妆台。弗娜动手漆的，想把原来的绿色老漆盖住，但一直没能完成。安琪儿找了一条最好的牛仔裤和一件干净的T恤——粉红色的那件，好让爸爸知道她在取悦他。他以前老说喜欢他的安琪儿穿粉红色的衣服。

拉上裤子拉链的时候，弗娜出现在门口。"你们还没准备好吗？"

"马上。"安琪儿急忙叠床单。

"快,"弗娜说,揪住沙发标牌,把它推回原处,"伯尼!"她大声叫。伯尼从门口探出脑袋,脸脏得好像从未洗过。"瞧瞧,还有你,安琪儿。换掉牛仔裤,给我穿裙子。"

"哦,妈妈。"

"别叫唤,我的心情非常不爽。过来,臭小子,让我好好教你怎么洗脸。"

听着伯尼在浴室里号叫,安琪儿把床单放回最上面的抽屉里,又从金属衣架上扯了一条裙子下来。裙子总是偏小,而且没有口袋,可是既然弗娜心情不好,跟她争辩显然很不明智。她脱下牛仔裤,从口袋里掏出零钱,塞到袜子里。她必须自力更生——自从那回弗娜把他们姐弟俩落在通宵营业的餐厅,这意味着她得时刻在脖子上挂一串公寓钥匙,以及携带足够的现金以便打车回家。否则太尴尬了,陌生人会围着你,喋喋不休,威胁要报警投诉你的父母。

"大功告成,"弗娜大声嚷嚷,拖着还在呜咽的伯尼穿过走廊,"我不等你了。"她向后门台阶走去。

安琪儿抓起运动鞋,脚上穿着袜子冲向门口。老皮卡的点火开关不好使，她听到弗娜转动钥匙的声音。离皮卡车还有一半远，她突然想到房门没锁，又跑回去，打开门，拧上闩锁，这才把门重重撞上。等她又试了试门把手，确保锁上了，弗娜已经发动了引擎。安琪儿飞快奔过杂草丛生的小院子，等她爬进皮卡车的驾驶室，坐在伯尼身边时，早已上气不接下气。还没等她撞上车门，皮卡已经开始在车道上倒车了。抢在皮卡拐弯汇入车流之前，她赶紧给伯尼和自己系上安全带。

掠过伯尼的小脑袋，她瞥了一眼弗娜。一如既往，妈妈忘了系安全带。她本想提醒她，但还是算了。弗娜心情很不爽，还是乖乖闭嘴吧。

★ ★ ★

他们迟到了，停车场早已"车"满为患。安琪儿探头探脑，甚是不安。如果弗娜不能立刻找到一个停车位，保不齐她会掉头回家。也是好笑，虽然安琪儿打心里不是很想来，但她总觉得必须来，没来的那几个星期六必有坏事发生。到底啥坏事，她又说不出来，只是觉得他们必须来，非来不可，否则……这个"否则"模糊不清，对她却很真实。就像他们欠着钱，必须按期归还，否则每个星期六必遭惩罚。另外，伯尼昨晚对着星星许了一个可怕的愿望，她必须额外努力才能弥补。

"那儿有一个！"她大声叫唤。

"哪儿？"弗娜突然一脚刹车，安琪儿和伯尼系着安全带也还是被重重往前一甩。

"那里——别克车边上。"

"啥眼神，那个小空当连儿童脚踏车也停不下。"

此时，在他们身后，一辆老掉牙的庞蒂亚克正往外倒车。弗娜挂上倒挡，嘎吱一声占了那个车位。"赶紧，"她从车里跳出来，"我们迟到了。"

"等一等，我穿上鞋。"

"你在搞啥，安琪儿？一整个早上？！赶紧的。"

她手忙脚乱穿上鞋。"好了，伯尼，"她解开他的安全带，打开车门，跳到路面上，"出来吧。"

可是伯尼表情坚毅，不为所动。"只要你进去，我就给你钱买一包玛氏巧克力豆。"

她看到他虽然动摇了，但还是不动。"再加一瓶百事可乐。"他讨价还价。

"好吧。"

"还有薯片。"

"不可能。"

他双臂抱胸。

"哦,好伯尼,我可没有金山银山。求你了。"

弗娜已经出了停车场。快到门口的时候,她转身嚷嚷:"再磨磨蹭蹭,别怪我抽你们。"

伯尼好歹爬了出来。如此一来,安琪儿给他的"贿赂"还算数吗?好吧,回头再来担心。

2
周六探监

安琪儿和伯尼推开厚重的前门进来时，弗娜正在窗口签到。"哎呀，"她说，"你们来得真是时候。"窗户另一侧的女士从椅子上起身，隔着窗台俯视他们。这让站在那儿的安琪儿觉得仿佛自己只穿了内衣。糟糕，她想起自己没有梳头。不过好像不打紧，她的头发本来就不好看，脏兮兮的金黄色，直溜溜的。几个星期前她自己刚剪过。

　　弗娜终于放下圆珠笔，对着孩子们点头示意。她用肩膀顶着门，三个人一齐挤入房间，走向金属探测门。

"包包搁这儿，"狱警指示，"所有金属物品搁那个筐里。"弗娜把开裂的塑料手提包递过去。安琪儿从脖子上取下钥匙，扔到塑料筐里，一心希望弗娜别问她为啥不上学还带着钥匙，好在弗娜压根儿没注意。狱警还在仔细检查手提包的时候，她就推着伯尼过了探测门，把安琪儿落在后面。

安琪儿跟了过去。警报响了。"好的。等一下，小姑娘，掏空你的口袋。"

"我没口袋，"她的声音有点儿发抖，"你瞧。"

"哦，你身上有金属。退回来。脱下鞋子搁这儿。"

藏在袜子里的钢镚儿，她忘了这茬儿，索性连袜子也脱下来递过去。狱警绷着脸，抽了抽鼻子。刚才跑过院子的时候，弄脏了袜子。"我在袜子里塞了点儿钱。"她说得很含糊，不想让弗娜听见。

"你啥？"狱警大声问。

"袜子里有钱。"她艰难地说。

"好吧，拿出来搁在筐里。真是的，好像到现在了你们还不知道规矩似的。"

弗娜站在探测门另一边，捏着伯尼的胳膊，看起来像一只准备叮人的黄蜂。安琪儿一过来，弗娜就抓住她的胳膊，同时仍然揪着伯尼的胳膊。接着，她推着两个小孩过了一道道先打开又关上的金属门，一直到了访客室。"哎哟，"伯尼大声说，"松手。哎哟。"他用没被束缚的另一只手拍打弗娜，但他们的妈妈反倒越抓越紧，连安琪儿也想尖叫抗议。她已经够丢人了，光着脚走完了整条过道，此刻还站在一个大房间门口，手里提着鞋子和袜子。真没必要让所有人都瞧见她像一只不听话的猫一样，被妈妈提溜着走来走去。

房间里的灯光很刺眼，她不得不使劲儿眨眼睛缓解。"给我们找个地方坐，安琪儿。"弗娜松开她的胳膊，把她往前推。

房间里零零散散的几张桌子，都被其他准时到达的家庭抢占了。安琪儿眯着眼睛，寻找空位。触目所及皆是人，可能有五十个，也可能更多，数不清楚。不同的个头，不同的肤色，但大多数人，尤其女性，脸上都是疲惫、哀伤的表情。四处都是狱警，以提防访客偷偷给囚犯塞东西，尤其是违禁品。囚犯很好分辨，年轻人居多，表情愤怒而非伤心。时值夏天，大多穿着廉价的牛仔裤和T恤。最靠近她的那个男人，骨瘦如柴的胳膊上全是文身，仿佛不这样就不是男子汉。他回头瞪了她一眼。安琪儿顺着桌子摆成的迷宫继续走，身边全是灰色、伤心的人。

她在远处一角找到两把椅子，将各塞了一只袜子的鞋子搁在椅子上，权当占座。弗娜正跟工作人员登记，安琪儿等她一抬头，就挥手招呼她过来。

弗娜依旧抓着伯尼的胳膊，一把将他扔到椅子上，安琪儿差点儿来不及拿走鞋子。"我的天，安琪儿，赶紧穿上你的破鞋。"她把另一只受到冒犯的鞋袜递给安琪儿，自己大大咧咧坐了下来。

安琪儿背靠墙，滑坐在地上。她正准备套上第一只袜子，零钱就开始叮当响，惹得一群人都来围观她。她抬头瞅见一个小男孩的脸，站着只比她坐着高一点点。

"你不可以不穿袜子。"他严肃地说。

"你的鼻孔里有一大块鼻屎晃来晃去！"她凌厉地反击。

他吓得瞪大眼睛。

"嘘！"她正对着他的脸说。小男孩嘴角扭曲，没等他放声大哭,她又小声威胁,"敢哭出来,我就给你好看!"

小男孩转身,落荒而逃。

真不害臊。要是有人敢这么吓唬伯尼,她一定追得他满屋子跑。可她刚才实在忍不住,不由得一边系鞋带,一边做鬼脸。她背靠墙站着,直到狱警把韦恩领到弗娜和伯尼的位子,才走过去跟他们一起。

她一直觉得老爸又高又帅,可是今天似乎比她记忆里的矮小。没准儿是她自己长高了。"嗨,老爸。"她打招呼。

"哦,那不是我的安琪儿嘛。"他笑着说,只是笑容有点儿勉强。安琪儿说不出哪里不对,总觉得他并非发自内心,更像是从外面扭动嘴唇硬生生地咧开嘴来。"你在学校乖不乖?"他问。

"已经放假好几个星期了,韦恩。你知道的。"弗娜厉声打断他。

"这个地方让人对时间失去概念,你不会明白的。"他转头看伯尼,想弯腰瞅清楚他的脸。可是伯尼总盯着自己荡来荡去的脚指头,他很用力,安琪儿可以听见脚后跟撞到椅子横木上的声音。"伯尼,我的小男子汉,你好吗?"伯尼甚至懒得抬头看他。

"伯尼,从椅子上下来。安琪儿,你带他去别处逛逛。我有几件事要跟你们爸爸说,私下里……"

安琪儿抓住伯尼的手,穿过拥挤的房间,走到最远处的角落。一些慈善机构在那儿摆了几本旧书和几个旧玩具,好让不得不在监狱过周六的小孩子打发时间。

"哦,"伯尼说,"别拉我。烦死你和妈妈了,老是把我拉来拉去。拉、拉、拉,你们只会拉我。"

"对不起,伯尼。"她真的很愧疚。这不是小孩子应该过的生活,他还不到七岁,不到一岁时,他就开始探监了,那时他对往昔还没有任何记忆。她从一个学步儿童手里抢了一辆玩具卡车,坐到地上后,递给了弟弟。他依旧喜欢玩车。学步儿童号了一会儿,很快便缓过神来,跑去跟另一个小屁孩争抢一辆三轮玩具车。

"我讨厌这里,"伯尼说,假装在盘着的双腿前开卡车,"我不明白为什么我们老要来这里。"

"因为他是爸爸,伯尼。见不到家人,他会很伤心。这是他在监狱里坚持下去的唯一动力,你必须知道

25

有人在乎你，否则你就会放弃。"

"不，我不在乎他，"伯尼说，把破玩具车用力撞向安琪儿的小腿，"宁肯他放弃。"听他这么说，安琪儿反倒不觉得被金属保险杠撞到小腿有多疼。

"哦，伯尼，这不是你的本意。我知道你记不得了，老爸离家的时候，你还是一个小宝宝，但爸爸还是爸爸。等他出来了……"她把腿往后挪了挪。

"我宁肯他永远出不来。"伯尼说着，又撞击她的小腿。

"别再撞了，伯尼。疼。"

"我知道。"他说。

她一把夺过他的玩具车："如果你不好好玩——"

"过来跟你们的爸爸说再见吧。"弗娜站在他们跟前说。

"到时间了？"

"早过了。还有你，伯尼。给他一个拥抱。"

伯尼不想抱韦恩，可是如果说一声再见意味着可以逃离这里，他巴不得如此。

"再见。"他敷衍了一下，转身逃向门口。

"再见，爸爸。"安琪儿说。在狱警的眼皮底下（以防她趁机偷偷塞东西），她尴尬地抱了抱韦恩。

"再见，我的安琪儿。"他说，表情扭曲得就像之前受她惊吓的那个小男孩。

"走了，安琪儿。"

"好的，妈妈。"她对韦恩强颜欢笑。她不想爸爸像个小孩一样在等候室号啕大哭，她见过其他男人崩溃的样子。

"嗯，事情是这样的，"三个人坐上皮卡车后，弗娜说，"这是你们最后一次来这个地狱一般的地方看他了。"

"他可以回家了吗？"安琪儿问。

"想得美。他说他们可能让他出狱参加一个工程队，但他的话常常不能作数。"弗娜发动引擎，从停车位倒车。出了大门，驶向公寓的路上，弗娜才又开口说话："一会儿到家了，你们赶紧打包收拾行李，我们要搬家了。"

"哟呼！"系着安全带的伯尼高兴得蹦跶起来，"哟呼！"

"都怪我自己余情未了，"弗娜说，"我早就应该把韦恩·摩根丢在身后，好好盘算自己的余生。"

"你的意思是，我再也不用来探监了？"

"再也不用了。"弗娜拍拍伯尼弹上弹下的大腿。

"再也不用了！再也不用了！再也不用了！"伯尼高兴得叫个不停，挥舞双臂，活像刚刚达阵得分的橄榄球运动员。

只要对着恒星许愿，准保你美梦成真。一向如此。安琪儿心里一阵难受。

3

小熊翻山越岭

"你们俩，赶紧的。真是的，你们这些小屁孩有时候活像吃了安眠药的小蜗牛……动起来，行行好？"

安琪儿怎么快得起来？她盯着衣橱，一言不发。弗娜说，她只能带那只绿色塑料手提箱（福利局去年送她的）装得下的东西，不能拎着垃圾袋到处跑。她回头看看沙发上敞开的手提箱，越看越觉得它小，还不如垃圾袋，能装更多东西。她把羽绒服放进去，手提箱几乎就被塞满了，只好又拿出来。虽然才八月，她不得不把它穿在身上。几乎全新的一件羽绒服，她舍不得不带，不然可能会被人偷走。

大熊也得带上。这头蓝色的毛绒大熊是老爸入狱前送她的最后一个礼物。可是大熊一放进去，手提箱就拉不上了，只好随身带着。几个动物公仔里，她只在乎这个。她把两个抽屉拉出来，抽屉里的东西全倒在手提箱旁边的沙发上，额头上已微微有汗。不喜欢的衣服，还有那些眼看就穿不了的、哪怕她仍然喜欢的衣服，就别带了。比如那件印着高飞狗的迪士尼T恤，弗娜在庭院二手摊位上买的。大部分衣服都小了好多，只好重新扔回抽屉。

内衣，她很乐意丢下它们，可是哪怕有洞，内衣还是少不了吧。鞋子，倒是有几双懒洋洋地挤在衣橱底。就穿那双合脚的运动鞋好了。凉鞋破得不成样子，最讨厌那双假正经的红色塑料鞋，老是夹脚。连衣裙，有两件，她都不喜欢，可要是一件都不带的话，准被弗娜骂死。倒不是说不论去哪儿，都要去看老爸。可是到底去哪儿呢？没准儿去佛罗里达，一年四季温暖如春，短裙T恤足矣。佛罗里达，那儿还有迪士尼乐园，弗娜马上就要带我们去迪士尼了，她忍不住浮想联翩。有几个飞车伯尼不敢玩,可是她啥都敢玩,包括飞越太空山——胆子小的人准会被吓死,她却一点儿也不怕。

她又把迪士尼T恤放进手提箱,没准儿用得上。毛衣,如果真去佛罗里达,她就不用带毛衣了。可是弗娜压根儿没说去佛罗里达,还是带一件毛衣和一件卫衣吧。她有一件紫色毛衣,上面印着冰激凌牌子Ben & Jerry's,勉强还能穿。就算她将来穿不了,伯尼也会喜欢的。

弗娜在门口探头探脑:"要我说,安琪儿,别发呆了,赶紧的!"然后就从过道上消失,进了她和伯尼一起睡的卧室。

哪怕隔了一段距离,因为打包的事儿,安琪儿也能听到伯尼哼哼唧唧在抱怨。"闭嘴,伯尼。不可以,你不能把床带走,床是公寓的,新房子会有床的。你给我闭嘴。"

公寓恰似被飓风席卷而过,东西扔得到处都是。安琪儿在厨房等着,弗娜还在跟伯尼斗嘴,现在是为了三轮脚踏车:"破烂玩意儿,而且那儿没地方给你骑车。"这是一个线索吗?我们要去的地方没有人行道?

没准儿是海滩，一定是，佛罗里达除了一个个海滩啥都没有。她还没见过大海呢，海滩，哇哦！她身上裹着羽绒服，好像在烤火，浑身直冒汗，手里还揪着大熊和手提箱。她不敢放下任何一件东西去开门，害怕弗娜就不再让她带走了。那么多东西，为什么不带走呢？没错，家具是公寓自带的，可是电视机是他们的——她很肯定，还有一些锅碗瓢盆也是他们的。厨房的东西弗娜压根儿不想打包。

"难道你想一直抱着那头笨熊吗？"弗娜说着进了厨房。一只手拖着伯尼，一只手提着一个大的棕色塑料手提箱。

她放下手提箱，打开后门。"手提箱给我。把你自己和你弟弟弄上车，"她命令道，"我马上就来。"然后她放开伯尼的胳膊，离开厨房。

安琪儿担心伯尼不跟她出门，还好没有。他还在哭哭啼啼，但已经放弃了带走三轮脚踏车的想法。"我恨她，"他走到皮卡车的时候说，"太坏了。"

"不可以，"安琪儿说，"她只不过……"只不过什么？她本想为妈妈说话——无论如何，小孩都要爱他

33

们的妈妈，可是她又说不好。"你也听见了，伯尼，"她打开副驾驶座的门说，"把你的小屁股弄上车。就是现在。"

她给自己和伯尼扣上安全带，大熊在他们脚下瞪着大眼睛。弗娜也从房里出来了，锁上门，撞上纱门，把手提箱扔到皮卡车后备箱，然后爬上驾驶座，神情好像不是那么沮丧了。

"终于，"她说，"我们赶紧离开这个鬼地方。"

三个人只带了两个手提箱和一头玩具大熊，安琪儿很想问问去哪儿，可是内心深处，她又不是很想知道。

"安琪儿不让我坐窗边。"弗娜用曲柄发动引擎的时候，伯尼告状说。

"哦，让他坐窗户边，安琪儿。"

"他总是把手伸出去，太危险了。"

"别伸手，好吗，伯尼？"

"好的。"他说。

安琪儿跟他换了位置，又给他俩系上安全带："妈妈，别忘了系安全带。"

"哦，当然，"弗娜说，"你真以为自己是高速公路巡警了，对不对？"但她还是系上了。不配合的皮卡车终于发动了，弗娜踩住油门，让引擎咆哮了几声，然后倒车出了车道。"跟悲情老窝说再见吧，孩子们。"

"悲情啥？"伯尼没听明白。

"没啥，"弗娜说，"当我没说。哈，崭新的黎明啊。"

"我饿了。"伯尼说。

"你啥时候不饿，臭小子。"

"我还没吃午饭。"

"我的天，"弗娜说，"我竟然忘了午饭。对不起，小老头。"她在停车标志处停下来，慢慢汇入车流，"一会儿出城了，我们就停下来，好不好？先让我出城，见到第一个吃饭的地方我们就停下来。"

"我现在就饿了。"

"嘘，伯尼，"安琪儿说，"她说了，出了城就停下来。"

不过几分钟，他们就上了州际公路，皮卡车不情愿地当啷响起来，对弗娜的车速表示不满。他们嗖的一声开过一个出口——那个出口本可通向一个大型购物中心，又开过一些农田，然后左边和右边开始冒出山丘，到处是树。伯尼此时意识到，州际公路两边除了树，啥也没有，又开始哼哼唧唧："我饿了。你说我们会停下来的。"

"会的，会的。可是这荒山野岭的，哪儿有地方停车，除非你想来一个枫叶汉堡。你不想，对不对？"弗娜侧过身，在伯尼的胳膊上捶了一下，"要不来一块美味的炸树皮，咋样？"

"别打我。"伯尼生气了。

"乖，乖，小小熊。我以为小熊只会在地上跑。"

"他只是饿了。"安琪儿说。她也饿了，可是相比之下，弗娜更关心伯尼的肚子。

"是的，我们都饿了，"弗娜说，"很快下了州际公路，我们就找一个地方吃饭。我保证。"

"你保证过了，"伯尼说，"你说出了城就找地方停下来。"

"真是没完没了的小熊，是不是？不如我们唱一首小熊的歌吧。"她唱了起来：

小熊翻山越岭，

翻山越岭，

翻山越岭，

找东西吃！

一唱到"吃"，她就侧过身，假装要咬伯尼一口。他吓得缩到车窗边，但就是强忍住不笑出来。

弗娜呵呵直乐。"好吧，"她说，"所有人一起唱，小熊翻山越岭……"安琪儿眼角瞥着伯尼，也唱了起来。她俩唱了一遍又一遍，每次都假装要咬伯尼一口，直到伯尼的嘴越咧越大，笑出咯咯声。

"这才像话，"弗娜说，"最喜欢我的小宝宝开开心心。"她叹了一口气，"这个家就是太缺少笑声了，真是的。现在，我们计划一下，一会儿找到地方了，你们想吃啥？我嘛，想来一块牛排，像砖头一样厚的牛排。你呢，安琪儿？"

"我不知道。来一个汉堡吧。"

"只要一个汉堡吗？梦想比天高啊，闺女。来点儿大的。"

"那就芝士汉堡？加一份炸薯条？"

"这才像话。伯尼熊想吃啥？"

"大象。"

"哇哦。恐怕我们的时间不够，煮一头大象老费劲了。"

"双层培根芝士汉堡，大份薯条，奶昔——巧克力味的。"伯尼说。

"那还不如大象呢，没准儿更便宜。"

伯尼又咯咯笑。"可是你说——"

"哇哦。以后应该多加小心，我这张嘴总是给我惹大麻烦！"

伯尼隔着安琪儿探过身来，对着妈妈咆哮："你要是再不当心，就会被小熊吃掉！"

"哇，"弗娜说，"吓死我了。"

一家人有说有笑的时候，突然传来一阵噪声。"啥动静？"弗娜从车窗探出脑袋。

"皮卡车。"安琪儿说，她听到皮卡车"咔嚓咔嚓"地响。

"我的天，爆胎了。"弗娜在路肩停下来，关掉引擎,"而且我还没有备胎。"

"你应该备一个的,妈妈,不然太不靠谱了——"

"别老说我,安琪儿。我不可能一直靠谱,对不对?满意了?"弗娜从车里爬出来,绕着皮卡车转圈。

"我想看!"伯尼说,伸手扯安全带。

安琪儿抓住他的手。"我们最好待在车里,"她说,"不然只会让她更生气。"

他们不安地观望着,只见弗娜掀起车盖,走了几步远,开始对路过的车辆挥手。过了好久也没人停车。终于,一辆比他们的皮卡车更老更破的皮卡车在路边停住了,弗娜赶紧跑过去。他们聊了几分钟,皮卡车又开走了。弗娜走回来,爬上车。

"为什么他不帮我们,妈妈?"伯尼问。

弗娜叹气:"我没有备胎,他会叫人过来,把我们拖到修车站。今天真是够了,拖车费,还有轮胎钱。"她的脑袋趴在方向盘上,"老天爷,还有比我更倒霉的吗?我到底做错啥了?"

安琪儿想拍拍她的后背安慰她,告诉她一切都会好起来的,虽然她也不确定。

似乎过了好几个钟头,拖车才来。师傅不想让他们三个都挤在驾驶室里,安琪儿一度很担心弗娜会把他们姐弟俩扔下不管。还好弗娜把伯尼抱在腿上,好言好语地说了半天,师傅这才答应。在修车站一待又是几小时,因为要派人去别处找大小合适的轮胎。眼看一切都搞定了,他们准备离开的时候,修车站的家伙又告诉弗娜她的信用卡刷爆了。弗娜说不可能。那家伙说一切皆有可能,问她打算怎么支付轮胎钱和拖车费。弗娜就当着所有人的面破口大骂。那家伙涨红了脸,骂了回来。

安琪儿尽量不让伯尼捣乱,可是一个疏忽,伯尼在他们骂得正凶的时候,跑过去揪住弗娜的衬衫:"妈妈,我想吃薯条!"

弗娜转身对他怒目而视:"给我回到该死的车上去,伯尼。还有你,安琪儿。我会解决的,我认识一个家伙,可以给他打电话。你们两个行行好,回到车上去,别再让我伤心了,好吗?"

"我只想吃饭而已。"伯尼的嘴唇噘着,都快顶到挡风玻璃了。

"我知道,伯尼,可是妈妈正在谈事呢,我们不能打扰她。"

他们抻长脖子到处看,不知道哪个救星会大驾光临。终于,来了一辆生锈的斯巴鲁旅行车,一个安琪儿从未见过面的家伙从车里出来,准保是他,因为弗娜跑去迎接那个人,然后带他进了修车站。

她本以为弗娜会把救星带过来,介绍一下,可那个人出来后,只是跟弗娜说了几个字,迅速瞥了一眼皮卡车和两个探头探脑的小孩,就上车走了。

至少,安琪儿琢磨,弗娜总会解释一下吧,但她只是说:"唉,总算解决了,我们可以走了。"

伯尼瘫靠着车门。他乏了,安琪儿看得出来。她忍不住打了一个大哈欠,伯尼也跟着打了一个。"我和伯尼打个盹儿好吗,妈妈?"

"我不困,"伯尼说,试图掩饰另一个哈欠,"我只是饿了。"

"哦,行行好,伯尼,消停一下,让我和安琪儿缓一缓。"

安琪儿闭上眼睛,歪着脑袋靠着椅背。弗娜打开收音机。"给我找一个电台,安琪儿。"她说。

安琪儿扭动旋钮，跳过那些热闹的摇滚乐，找到一个音乐轻轻柔柔、仿佛能裹住她全身的频道。这让她想起去年去听佛蒙特交响乐团演出的那趟旅行。安琪儿听着音乐放松下来，很快，她就听到伯尼微微的鼾声。

安琪儿没想让伯尼睡得这么沉，只想让他打个盹儿，可是今天真不容易。没等她反应过来，弗娜的车速慢了下来。安琪儿突然坐直了。原来是红灯。

"嘿，睡美人，醒啦，临睡前也不给我一个吻。"

"我只不过让眼睛休息一下。"

"沙发土豆，电视看多了吧。"

安琪儿咯咯笑。弗娜开玩笑的时候，喜欢有人附和一下。

"我有预感，"弗娜说，"附近一定有快餐店。"

她向左转弯，果然，不到一英里就有熟悉的麦当劳拱门、炸鸡桶和汉堡的标志。弗娜迫不及待地停车，一边从车里跳出来，一边大声嚷嚷："来吧，孩子们，吃东西喽！"

"伯尼还在睡觉呢，妈妈。"

"那就让他在车里待着好了，我们给他外带。"

"怎么可以这样?!"老实说,有时候她觉得自己更像老母亲,谁都知道,不能把无人照管的小孩子留在车里。

"哦,那就叫醒他。我先进去了。"她撞上车门,径自进去了,把两个小孩留在车里。弗娜的心情变得比佛蒙特州的天气还快。

"醒醒,伯尼!"安琪儿晃动他的胳膊,"我们到麦当劳了。"

伯尼不打算醒来。安琪儿更用力地晃他,大声叫唤,甚至威胁他。好不容易,他眯着眼睛,生气地说了一句:"闭嘴!"

"那好吧,一会儿我们在里面吃东西的时候,你想自个儿在车上待着吗?"她解开他们俩的安全带,伸手拉他,同时打开车门,"快点儿下车,伯尼。"

"嗯。"他咕哝了一声。

她站在踏脚板上俯着身子,用力拉他、拽他:"赶紧下车,伯尼·埃尔维斯·摩根,否则,你一定会后悔的。妈妈疯起来,没准儿会把你扔在车里不管了。"这句谎话挺管用。伯尼啪的一下睁开双眼,嘴里还在哼哼唧唧，从皮卡车里爬了出来。她把车门反锁好，进了麦当劳。伯尼踉踉跄跄跟在后面。

一开始安琪儿没瞅见弗娜，难道她扔下他们跑了？没，她在一个小隔断坐着呢。安琪儿拖着伯尼过去。

"我给你们买了开心乐园餐。"弗娜闷闷不乐地说。

一听到"开心乐园餐"，伯尼立马清醒了："我不要开心乐园餐。"

"你爱吃不吃。"弗娜说话的口气吓得伯尼乖乖坐下来。

"开心乐园餐还有玩具送呢。"安琪儿小声说。

伯尼皱起眉头。

"我的玩具也送你。"

"还有薯条？"

安琪儿看也没看一眼，就递给他玩具和薯条。她打量妈妈，发现她没点牛排。麦当劳也没有牛排，不是吗？一脸疲惫的妈妈除了一杯不到一英尺高的咖啡，眼前啥也没有，就连这杯咖啡她也基本没动。

"没事儿吧，妈妈？"

"没事儿？才怪！我的老公在坐牢，我的两个孩子搞得我喘不过气来，我还要带他们回……伯尼·埃尔维斯·摩根！除了闯祸，你还会干啥？"弗娜往左边一躲，整个人跳了起来。被伯尼打翻的汽水流过桌面，直奔她的大腿而去。安琪儿跑去拿了一沓餐巾纸。伯尼咬紧牙齿，正想号啕大哭。

"别哭，伯尼，"安琪儿手忙脚乱，想把黏糊糊的汽水擦干净，"你可以喝我的。"

"我回车上等你们。"弗娜从桌上抓起手提包，气冲冲地大步离开。

"起身，伯尼，"安琪儿手足无措，"来，拿着你的开心乐园餐。你可以在车上吃。"她把湿漉漉的餐巾纸扔到桌上，一只手抓起没吃完的汉堡，一只手拿上妈妈的咖啡，轻推着身前的伯尼，匆匆赶向皮卡车。车子还在。她绕到驾驶室一侧，"你的咖啡，妈妈。"

弗娜摇下车窗，接过塑料杯，点点头，露出些许感激。她还在生气。"他不是故意的，妈妈，"安琪儿说，"他只是又累又困。都是我的错，是我非要让他进来的。"

"唉，真拿你们没办法。"

"我们会乖的,妈妈。能不能——能不能请你打开那边车门的锁?"

"哦,可怜可怜我吧,安琪儿。"她侧身拔起车门上的锁扣。

伯尼在车边哭,一手拿着薯条,一手拿着玩具和吃了一半的汉堡。安琪儿伸手开门。"你想坐妈妈身边还是窗边?"她小声问。

"窗边。"他含混不清地说。

4 山那边

弗娜手拿咖啡，换挡、打方向盘，动作一气呵成。难道她不明白这很危险吗？而且，她又没系安全带。

"要我帮你拿着咖啡吗？"

"哈？不用，我可以应付。"

安琪儿本想反驳，但还是闭上了嘴巴一言未发。她咬了一口汉堡，开始咀嚼，嗓子口好像有个高尔夫球堵着，咽不下去。"吃吧，伯尼。"她撇着嘴角说。

"她答应给我买双层培根芝士汉堡，还有巧克力味的奶昔。"伯尼不依不饶地表示着不满。

"她糊弄你的,伯尼。"

"我不想被糊弄。"

"得了,有啥吃啥。"

"我的汽水呢?"

"你打翻了,记得不?"

"你说可以喝你的。"

"问题是我没法儿带汽水,伯尼。刚才我手里全是东西。"

"我得喝东西。"他提高嗓门说。弗娜肯定听见了。

"嘘,伯尼,行行好,我也没办法。吃吧,下回停车妈妈一定给你买喝的。"

"下回是什么时候?永远、永远、永远、永远没有下回。"

"别哼哼唧唧的,伯尼。我开车呢。"弗娜说。

"瞅见没,伯尼,别影响妈妈开车。"

"我不管,我就是要喝奶昔,现在就要,立刻,马上。"

弗娜猛踩一脚刹车,皮卡车翘了起来。"我受够了,伯尼·埃尔维斯。现在你要么闭嘴,要么下车,自个儿走。"

"妈妈!"安琪儿大声叫唤,"妈妈不是这个意思,伯尼。"

"不是才怪。现在,你是想闭嘴乖乖吃东西还是想干吗?"

"闭嘴乖乖吃东西!"伯尼吓得声音发抖。弗娜不该这么吓唬他,他还是个小宝宝。

"这就对了,"弗娜重新上路,"我不是有意凶你们,可是我的忍耐也是有限度的,明白吗?"

"明白。"姐弟俩怯声怯气,伯尼眼看就要哇哇哭出来,安琪儿赶紧把自己剩下的汉堡递给他。

★ ★ ★

此时他们离开城镇,真正到了农村。马路只有两条小车道,丘陵和弯道很多,路两边尽是牧场和树林。根本没有可以买到奶昔的地方,安琪儿对此非常肯定。奶牛们抬起头来,一边懒洋洋地嚼草,一边像爱打听的邻居似的目视他们扬长而去。安琪儿凑到伯尼身边,对着

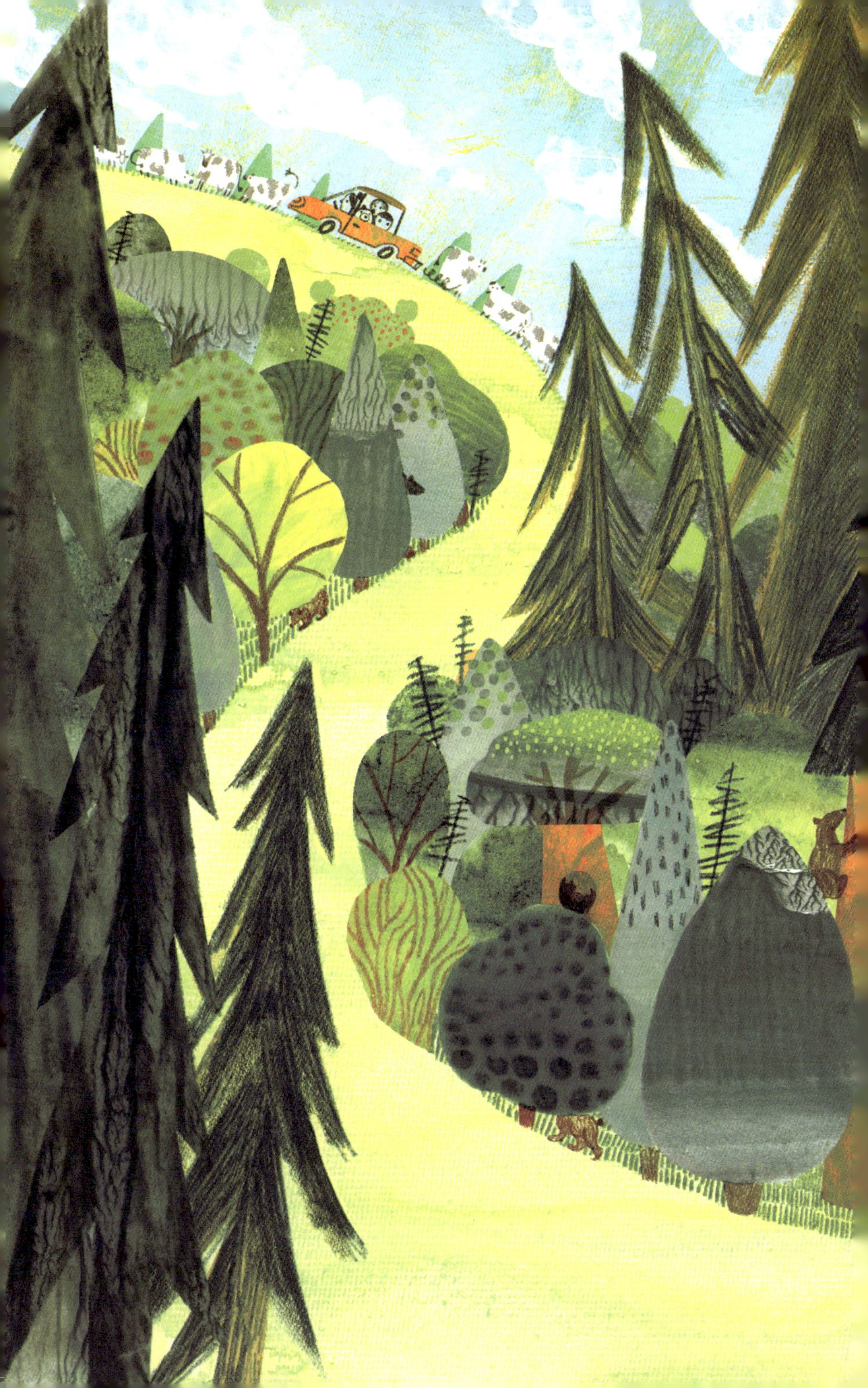

其中一头奶牛吐舌头。奶牛甩甩头，径自走了。

伯尼挤成一团的小脸松弛下来。他回过头来，也对着那头渐行渐远的黑白花奶牛吐舌头。眼瞅着奶牛扭着屁股、甩着尾巴走远，姐弟俩咯咯笑。

"哎哟，终于有人开心了。"弗娜边说，边加速穿过一个小村子。安琪儿在十字路口瞅见一家杂货店，本想提议在那里停留一会儿，但弗娜一个劲儿地往前开，没等她开口，村子已经被甩在身后老远了。

"快了快了，孩子们，我保证。"弗娜的保证根本不可靠，安琪儿老早就知道，所以当弗娜在不宽的马路中间拐了一个U型大弯，掉头又往村子的方向开的时候，她一点儿也不吃惊。弗娜忍不住低声咒骂起来。

"我们迷路了吗？"伯尼问。

"没有，自作聪明的小家伙，我们没有迷路。只不过，如果谁能记得那些一闪而过的路标就更美了。"

"难道你不认识路？"他的嗓门又尖又紧张。

"我当然认识，只不过有阵子没来了，变化有点儿大。"她迅速拐上一条土路，"放心，就是这条道。"

可是并不是，这之后他们试过的三条土路也不是。

虽然弗娜一再向他们保证，可是每次不是此路不通，就是开到另一个十字路口，提示她又走错道了。

"马上天黑了，要不我们问问路——"安琪儿说。

弗娜厉声打断她的话："问谁？问另外一个自以为无所不知的小姑娘吗？你瞅见这路上有可以问路的人吗？"

"我们可以开回去……"

"想得美，我受够了往回开。"可是最终，他们还是沿着柏油路往回开了，只不过不像安琪儿希望的，开到那个有杂货店的村子，好给伯尼买个饮料，而是开到了路边一栋孤零零的老房子。墙漆早已剥落，边上车棚的屋顶也塌了一半。弗娜从车里跳出来，没有熄车，这回安琪儿倒没反对。

"我要尿尿。"

"不能等一等吗，伯尼？"安琪儿望着老房子。如果这会儿他们出现在弗娜身边，要求上洗手间，她肯定不会开心的，安琪儿心想。

"不能，不能等。你们所有人都要我等。等、等、等，不能等。"

她凑过去,解开他的安全带。"好的,好的,下车吧,绕到车后面去,你肯定也不想被人看见吧?"

"他们能从马路上看见我。"

"你看这路上有人出没吗?拜托,伯尼,你要尿,就赶紧。"她打开车门,伯尼爬了出去,"记得扯下裤子,别尿湿了。"

弗娜从老房子出来,跳进驾驶室。"搞定,"她说,"搞定了。"

"妈妈!等等伯尼!"

弗娜瞅了瞅打开的车门。"人呢?"

"尿尿去了。"她探出身来,"快点儿,伯尼,妈妈要走了。"

"等等!妈妈,等等!马上!"伯尼一路拉扯裤子,手脚并用地爬上车。

"你最好抓点儿紧,"弗娜挂上挡开到路上,"被那些家伙逮到你在他们院子里尿尿就惨了。"

伯尼浑身使劲,想把车门撞上,可就是关不严实。安琪儿凑过去,抓住把手:"妈妈,慢点儿,求你了。门没关严呢,伯尼的安全带也没系上。"

弗娜一脚刹车停住，干坐着，双手在方向盘上打鼓。安琪儿先把伯尼的裤子拉到肚脐眼儿，然后系好安全带，再把门撞上。听到关门声，弗娜回头瞅她："好一个称职的小母亲，安琪儿。"安琪儿不明白这是称赞还是啥，只好点点头。

他们开过弗娜刚才拐大弯的地方，开了好远，安琪儿不由得担心再次迷路，但这回，弗娜在每个拐角都减速、查看路标。她一定是瞅见了刚才错过的那个路标，因为他们右转拐上了一条从未走过的土路。

夜色苍茫，路标上的白色字母依稀可辨。"摩根农场路！正是我们的姓。"

"你老爹那边的姓。嗯。"

"瞅见没，伯尼？我们的姓在路标上呢！"伯尼瞅了她一眼，不为所动。他还在生妈妈的气，不仅说话不算数，还至少两次不等他，但安琪儿就是忍不住激动。摩根农场路，我们摩根家的人得多重要，才会用我们的姓氏给道路命名呀。就像华盛顿大街，或伊桑·艾伦大道。她真想问问妈妈，路标上的摩根农场是否就是他们要去的地方，可是弗娜正将脑袋探出窗外，寻找哪儿可以左转弯，这时候最好别问东问西。

"没错，就这儿！"弗娜说。

信箱上写着摩根这个姓，蓝色的油漆字已经褪色，而且几乎被灌木丛挡住了。让人心生疑问，邮递员该如何靠近信箱，如何把信件投进去。安琪儿有点儿紧张，她本想抓住伯尼的手，结果抓到了自己的手。没错，就是这儿，他们的新家。车道更短更脏，跟伯灵顿的不能比。突然出现在他们面前的这栋房子，安琪儿似曾相识。这……可能吗？

"我是不是以前来过？"她问。

"你们都来过，但是伯尼可能没印象了。你应该记得。"

"没错！"安琪儿说。还有辆拖车呢，她记得很清楚。出于直觉，她瞅向右边，堆满了旧杂物的前院那头，隔着若有若无的篱笆墙，拖车还在，虽然油漆剥落、底部杂草丛生，但仍然在那儿。房子的状况似乎不比拖车好多少，为数不多的角落能看出上过白色或灰色的油漆，如今望过去都是裸露的木头。好几个窗户的玻璃破了，上面粘着报纸，试图堵住豁口。

"看起来好像鬼屋。"伯尼说。确实，夜幕之下是有点儿阴森。

"行啦，孩子们，少安毋躁，我跟奶奶说几句就回来。"弗娜跳出驾驶室，在迈上台阶、挨近房门的时候，动作明显慢了下来。安琪儿看得很清楚，她握着的拳头停在空中，仿佛没有勇气敲门。安琪儿敢打赌，她压根儿没提前打招呼说他们要来。她敢打赌，屋里这个太奶奶甚至不知道他们要跟她一起生活。

"我不想住这儿，安琪儿。"伯尼往她身上挤，虽然此时弗娜已经消失在破门后，他还是说得很小声，"我不喜欢这里。"

"没事儿的，伯尼。"她说。话一出口，似乎连她自己也信了，因为她好像想起了什么，只是无法用言语描述，像是某种似曾相识的气味，但就是说不上来是什么。她感觉到，此处待她不薄。在韦恩入狱前的惶乱日子里，她曾在此处受过善待。

不知道过了多久门才打开，弗娜一个人走出来。安琪儿本已笃定这次白跑一趟，非回城不可了，弗娜却说："搞定。我们可以留下来，但你们两个小屁孩必须像小兔子一样安静。你们的太奶奶上了年纪，受不了你们大吵大闹。"

"我不想待在这儿，"伯尼说，声音平静但固执，"我想回家。"

弗娜没理睬他，从后备箱取出行李箱，对着他们点头，示意他们跟过来。安琪儿解开他俩的安全带，好言相劝："别担心，伯尼，我会陪着你。我不是一直在照顾你吗？"

"我不想……"他咬着嘴唇强忍住，爬出驾驶室。

安琪儿把大熊拖出来。"给，"她说，"你想抱抱大熊吗？抱一会儿？我不能把大熊送给你，那样爸爸会伤心的，不过只要你愿意，你们可以一起睡觉。"

他揪住大熊的胖脖子，把小脸埋进蓝色的长毛绒里。安琪儿抓住他的另一只手，两个人一起走上摇摇晃晃的台阶，门廊上塞满了废品和杂物，只留下一条通向屋门的窄缝。"站直了，伯尼，"她深吸一口气，以身作则，"我们要给人留个好印象。"

5
糖果屋

他们穿过前门进入过道,眼前是一段黑乎乎的楼梯,一侧的门关着,另一侧的门开着。"这儿呢。"弗娜在叫唤。他们循声走到敞开着的门口。起初,谁也没瞅见太奶奶。虽然外头还有微光,但屋里暗如黑夜。安琪儿眯着眼四处看,这儿似乎是个厨房。屋里又热又闷,好像从未开窗通风过。如果他们径直走进去,可能会撞上桌椅,于是她抓着伯尼的手,站在门口不动,等待弗娜的指示。陌生的环境里容易犯错,她想警告伯尼别哼哼唧唧或吵着要奶昔吃,但又不敢说出来。

"那人是谁，安琪儿？"看吧，她本该叮嘱伯尼别说话，可是来不及了。在那之前，他的左胳膊还死死夹着大熊的脖子，右手紧握安琪儿的手，可是一开口说话，他就把大熊扔到地上，同时松开安琪儿的手。"安琪儿，问你呢，那人是谁？"他用手指着桌子左侧。

"嘘，伯尼，别指指点点的，不礼貌。"安琪儿揪住他松开的手指，可是他挣脱之后，竟然凑到桌子附近，想看个仔细。

"所以，就是这俩孩子，嗯？"摇椅上有人说话。摇椅恰好塞在一个又大又黑的柴火炉（炉火似乎没在烧）和一套又长又糙的木头橱柜之间。橱柜上下是一格一格的储藏柜，还嵌着一个洗碗槽。摇椅上的人用毯子把自己裹了个严严实实，"我可不认识他们。"

"噢，你这会儿看不清他们吧，奶奶？"弗娜说，故意装出很开心的腔调，"你从来不拉开窗帘吗？"

老人家摇摇头："别动我的窗帘，弗娜。"

"哦，那我把灯打开，好不好？要我说，他们真的很可爱。" 差不多在桌子的正上方，吊着一个裸灯泡。弗娜在墙上摸来摸去才找到开关，蒙着灰尘的灯泡里发出昏黄的光。"乖乖的，伯尼。"她咬着牙齿说。

这会儿伯尼干脆站在摇椅前。"你冷吗？"他问。

"冷，"老人家脆声说，"等你跟我一样老了，你也会这样，总是感觉不到温暖，哪怕在夏天。"

"哦，那你为啥不开暖气炉？"

"因为没有暖气炉。"

"可是你有柴火炉啊，为啥不烧火？"

"伯尼，"弗娜说，"别问太奶奶这么多问题。"

他不管不顾。"我饿了。"他对太奶奶说。

"伯尼！"安琪儿忍不住了。

"够了，伯尼，"弗娜也不再好言好语，"我警告你。"

"没辙，我压根儿没想到你们会来，"老人家瞟了弗娜一眼，"我也不知道这附近哪里可以吃饭。"

伯尼凑了上去，他先转过头，看了看弗娜离他有多远，然后开始在太奶奶耳边嘀嘀咕咕。

太奶奶咯咯笑起来，发出迟滞、不顺畅的笑声。"比萨！"她仿佛被这两个字噎住了，"上哪儿给你找比萨店去？！"

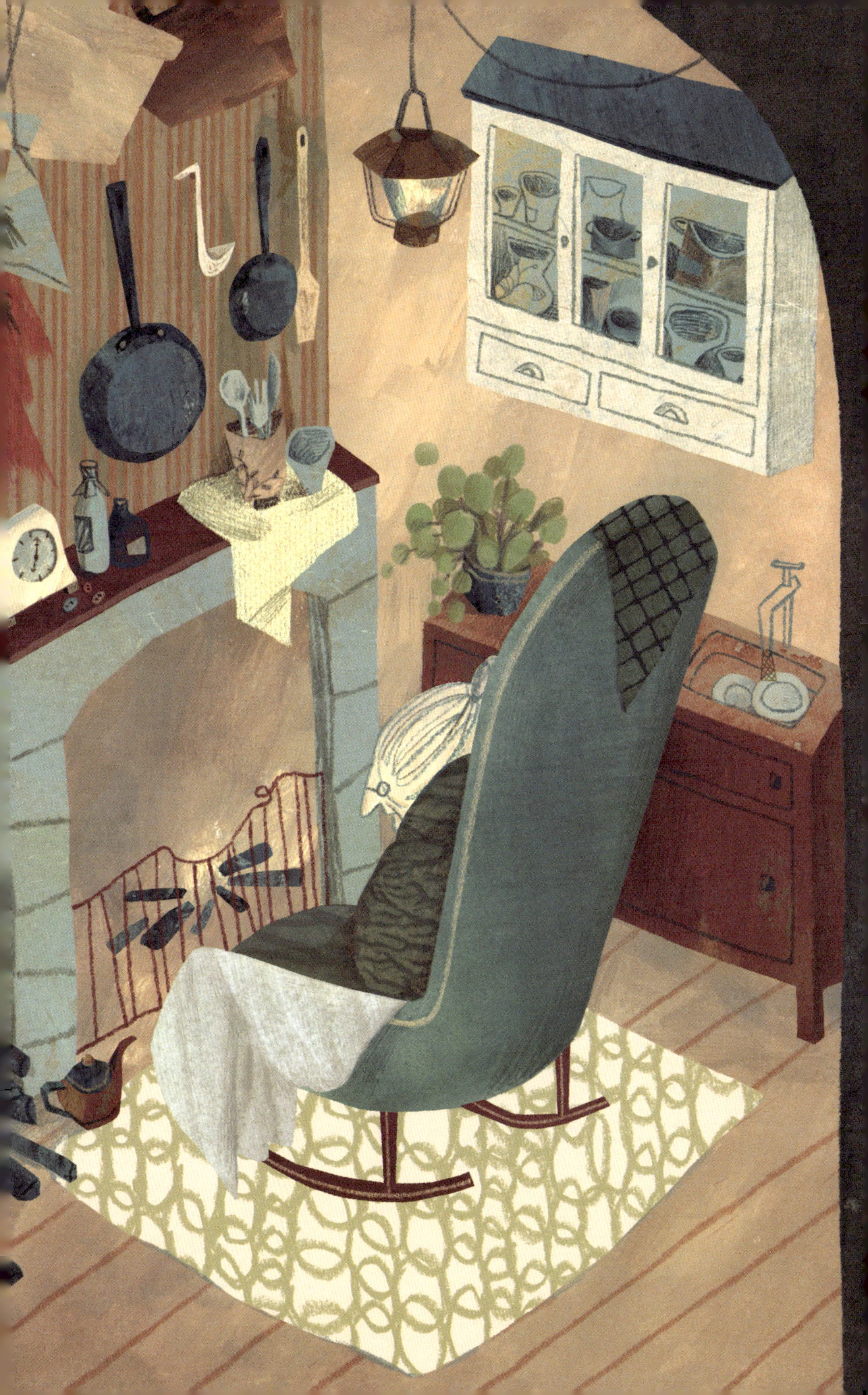

"安琪儿,立刻带你弟弟上楼。"紧接着,似乎是意识到还没跟老人家掰扯清楚,她又装出甜甜的声音说,"您打算让小孩子住哪个房间呢,奶奶?"

"没啥关系吧,随便哪个房间,反正没一间干净的。我压根儿没想到——"

"带你弟弟上楼,"弗娜下令,"我马上就来。"

伯尼愣着没走,安琪儿只好绕过桌子,抓住他的手:"走啦,伯尼。"

"所以,你就是安琪儿喽。"太奶奶伸出一根瘦削的手指,似乎想碰碰她。

安琪儿向后一缩。这是下意识的反应,并非故意。有股不舒服的霉味从摇椅上的那团毯子里飘出来。

"我不会咬你的,小姑娘。"安琪儿扭头盯着她。《糖果屋》里的巫婆也是这么跟韩塞尔和格雷特说话的吗?太奶奶的鼻尖上长了一颗黑痣,上面还冒出一根硬挺的白须。活生生一个女巫,除了……

"还记得我吗?"她盯着安琪儿的脸,嘴角涌出一点儿唾沫。

安琪儿本想摇头,但还是忍住了。"我小时候——

喜欢玩你的鼻子。"她说。

太奶奶咯咯笑："没错,你就是那样。我都忘了。"

"怪好玩的。"伯尼说。他本想伸手碰一碰,被安琪儿止住了。

"别这样,伯尼。不礼貌。"

太奶奶又咯咯笑："安琪儿小姐,看你年纪不大,人倒是挺讲究。"

"我说,带你弟弟上楼,"弗娜又发话了,"我跟奶奶有话说。"

"床单也没铺。我压根儿没想到——"

"马上!"

弗娜这回是来真的。两个小家伙向门口走去。安琪儿捡起大熊,推着走在前面的伯尼来到过道,爬上昏暗、狭窄的木楼梯。半路伯尼绊了一下,好在她眼疾手快,否则他俩都会仰面摔下去。

"别推我,安琪儿。"

"我没推。赶紧走,行吗?不然妈妈又会嚷嚷。"

"我已经很快了。要是我摔断脖子,你——"

"赶紧的!"

"你会后悔一辈子的。"说完这句话,他们也到了楼梯顶。

"妈妈说左边还是右边?"安琪儿着急地问。她觉得自己和伯尼受够了委屈,总得做对什么事才行。

"就不告诉你。"

她一个一个房间看过去,对着黑漆漆的屋子探头探脑。右手边的房间,她觉得可以摆下两张小床。"我觉得这就是我们的房间,伯尼。"她一回头,发现伯尼正打算下楼,便赶紧揪住他的胳膊,"别下楼!"

"我饿了。"他奋力挣扎。

"我也饿了,可是没辙,除非妈妈说可以吃饭了。你赶紧进屋坐着,消停一会儿,一辈子哪怕就这一次。"她把他拉进过道右手边的房间。

"你把我的胳膊抓疼了。"

"你的话我一句也不信,伯尼。我一放手,你肯定——好啦,好啦。"她看见他的小脸扭成一团,马上就要哭出来了,"好啦,别哭了。只要你保证,除非妈妈同意,不然绝不跑下楼,我就松手。好吗?"

他点头答应。

她让他坐在最近的床上,把大熊推给他。他用左臂夹住大熊,想都没想就把右手大拇指放到嘴巴里吮。看这架势,等到他会刮胡子了,恐怕都改不了吮大拇指的习惯。

　　"现在,你乖乖坐着,我找一找电灯开关,我们就不用在黑暗里待着了,好不好?"房间里光线暗淡,瞅不见墙上的开关,可是天花板上分明挂着一个灯泡,所以一定有个开关。她在墙上摸来摸去,突然啪的一声,身后的灯亮了。

　　伯尼站在床上,在灯泡下咧着嘴笑。

　　"开关在哪儿?"

　　"我拉了拉绳子,灯就亮了。"他说。那得意扬扬的样子就好像电也是他发现的。

　　"真棒,可是你别瞎搞。"

　　"我只不过拉拉绳子,没有瞎搞。瞅见没?"他又拉了两次给她看。

　　"别拉了!"

　　"为啥?"他又拉,"拉给你看啊。"

　　"好的,我看过了。现在,给我乖乖坐下来。"

"为啥你自己不坐,姐姐大人?"

她在他身边坐下来。大熊躺在两张床之间的地板上,伯尼刚才开灯的时候兴奋过头扔的。她伸手捡起来,拍了拍灰尘,抱了一会儿,不停用她的脸颊蹭大熊的耳朵。

伯尼盯着她:"怎么啦,安琪儿?"

"没啥。"她轻轻拍了一下大熊,把它搁在床边。床上盖着一条破破烂烂的被子,打过补丁的地方基本上又破了。她脱下汗津津的夹克,铺在大熊旁边。得找个地方放他们的东西,不过这事不着急,于是她一动不动地坐着,一心只想听清楚楼下厨房里的说话声。伯尼终于消停了,但是也太安静了。她回头一看,发现他已经利落地扯开被子上的一块破补丁,就剩一条边了。

"别扯了!"她大叫,"都被你扯破了!"

"本来就是破的。"

"如果不是你手痒,哪会破成这样?"她拍了一下他的小手,好让他停下来。

"别打我!你们老是打我,老是、老是、老是!"

"我从不打你,伯尼,你知道的。给。"她把大熊递过去,"想听故事吗?"

"啥故事?"他吮着大拇指,开始拔大熊的蓝毛。

她本想叫他别拔了,大熊是她的,他会把熊拔秃的,但还是忍住了。故事,目前她能想到的故事只有《韩塞尔和格雷特》了。

"很久很久以前,"她开始讲,凭着记忆一直讲到坏妈妈逼迫爸爸把两个小孩带到树林深处,在那儿,他们碰到了女巫。安琪儿眼巴巴地盼着弗娜赶紧上楼来,这样她就不用再讲下去了。

"所以那两个小孩就得在森林里过夜喽?"

伯尼从嘴里抽出大拇指:"他们一定吓死了吧?"

"是呢,当然,不过韩塞尔非常勇敢。"

"就是那个哥哥,对吗?"

"嗯,大哥哥。他就从不吮大拇指。他特别勇敢,所以,所有天使都跑来帮忙,守护他们,不让野兽吃掉他们。"

"我饿了。"

她赶紧加快速度:"第二天一早,为了回家,他们想了各种办法。"

"我想回家,安琪儿。我不喜欢这里。"

"我们才刚到这儿,伯尼。过一阵子你会喜欢的。等你习惯就好了。"

"我永远不会习惯的,永远、永远、永远!"

"你动不动就说'永远',伯尼。你又怎么会知道呢?没准儿,这会是我们住过的最好的地方。"

"是最坏的地方,我就知道。"他站起来,走到屋檐下的小窗边,安静地待了一会儿。然后安琪儿瞅见他的小身板紧张了起来。"安琪儿,"他小声说,"外面有个强盗。"

"哦,伯尼,你别胡说八道!"

"不相信你过来看。"

她站起来走到窗边。"哪儿有强盗?"她问。

他指着左边。果然,屋角处有个黑影在动。"瞅见没?我就说。"他嘀嘀咕咕,"现在你相信了吧?"

她搂住他的肩膀。姐弟俩都在发抖。

6 圣诞老人

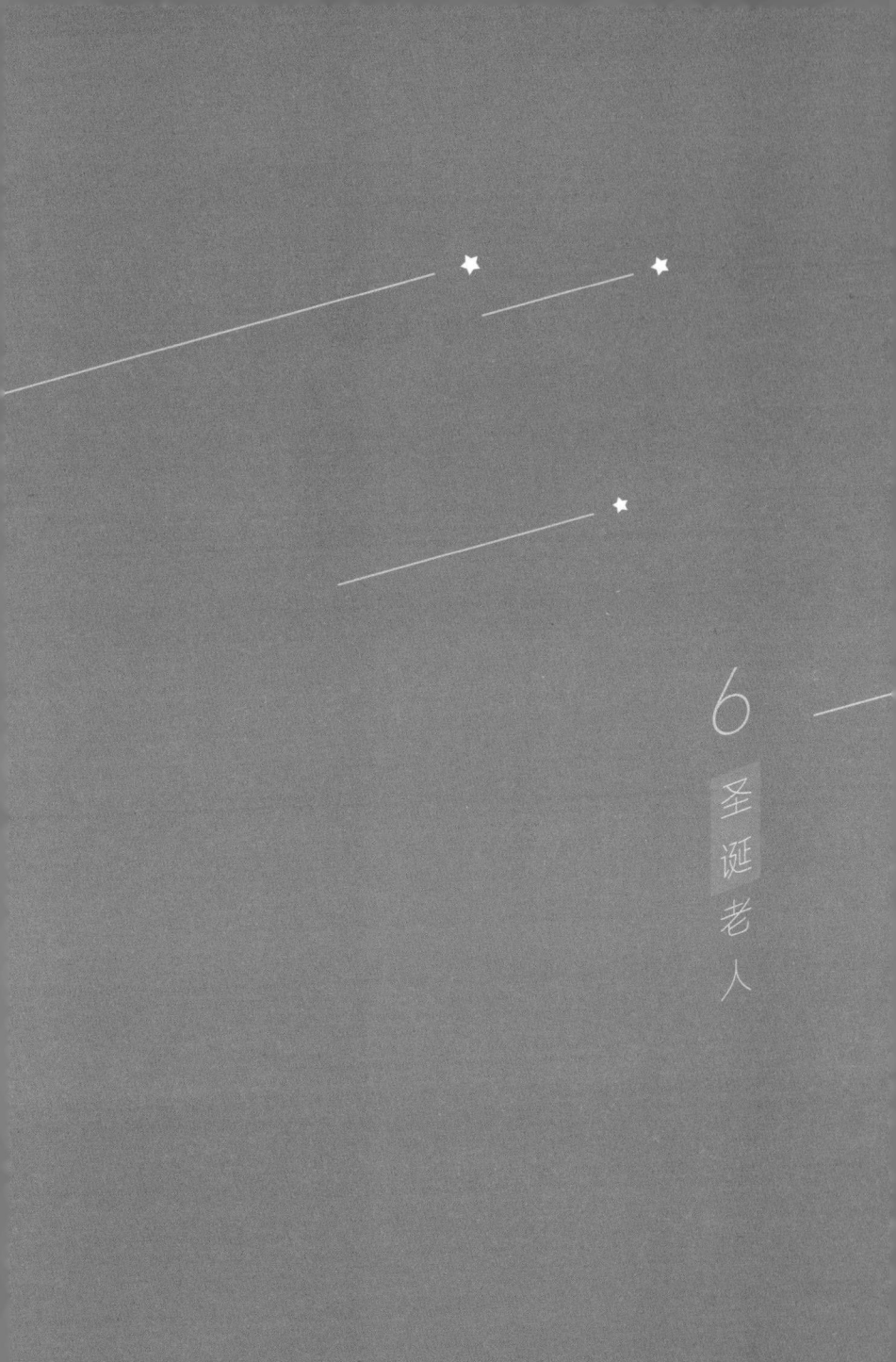

"还是打电话报警吧。"伯尼说。

安琪儿脑中闪过一个画面:半夜,她突然被惊醒,心脏怦怦乱跳。砰,砰,砰,有人在砸门,"警察!开门!"看到没人开门,警察破门而入,带走了爸爸。"不,"她说,"不能报警,伯尼。"

"必须报警,瞅见那支枪没?"那个家伙手里果然有东西,很大,除了在电视上播放的战争片里,这应该是安琪儿见过的最大号的武器了。火箭筒——他们好像这么叫。

"安琪儿，要是他准备打死我们呢？"

她紧紧搂住他的肩膀。"不会的，傻瓜。"她不忍心看他担惊受怕，"啥事都不会发生，我保证。不过要是你愿意，我可以下楼告诉妈妈，好不好？"

"别把我一个人留在这儿！"

"好，但待会儿你不许说话，只能我一个人说，能不能做到？"

"好，我保证。"安琪儿牵住他的手，他没反对。

战战兢兢下楼的时候，厨房里的说话声越来越响。这其中，弗娜的声音最清楚。"只不过住几天，我发誓，"她说，"不超过一星期。"

还差一个台阶就到一楼时，安琪儿停住了。她竖起耳朵，可是太奶奶的回答含混不清，听不明白。

"我有一点儿现金，"弗娜接着说，"足够让他们吃一个星期。"

弗娜说一个星期是什么意思？她不是说这是我们的新家吗？

安琪儿听不明白。听不明白。

"这么说吧，我不能替韦恩承担责任。他是你养大的,我不是。"弗娜的声音又尖又细,像乌鸦哑哑叫。

伯尼戳了戳安琪儿的肋部:"去啊,安琪儿,去告诉她。"

"现在不行,伯尼。我觉得她们在吵——商量要紧的事。"

"那我来说。"

伯尼猛地一挣脱,从她身边冲过去,挥着小手跑进厨房。动作太快,她根本来不及阻拦。"妈妈!妈妈!"他大声嚷嚷,"外面有个家伙,手里拿着大枪,准备把我们都杀光。"

弗娜转过身来,张着嘴巴,话还没说出口就被打断了,让她甚是恼怒。"你有什么毛病,伯尼?跑下来干吗?"她的视线越过伯尼的脑袋,盯向还杵在门口的安琪儿,"我不是让你们待在楼上吗?跑下来干吗?"

"我跟你说了,妈妈,"伯尼大叫,"外头有个家伙手里拿着枪!"

"胡说八道什么?马上给我上楼!"

伯尼冲向摇椅跟太奶奶倾诉:"她不相信我,可是我真的瞅见了,真的。"

太奶奶从毯子里伸出手,摸摸伯尼的脑袋:"淡定,淡定,小乖乖。说不定是圣诞老人送礼物来了。"

"圣诞老人?真的吗?"伯尼两眼放光,扭头看安琪儿。有一瞬间他好像信了,但很快又转过头去,"哪儿来的圣诞老人?现在又不是圣诞节!"

"这你就不懂了,可能他是在观察你——表现好不好啊,所有小朋友的动向他都要掌握,你知道的。"

"所以他也知道我搬家了,对不对?"

"对了,小乖乖。"

"这么一来,如果他知道我们在偷看他,一定会很生气。"

"没错。我们当中也有人跟圣诞老人一样,"她转头盯着弗娜,"不想自己的私生活受到打扰。"

安琪儿不知道该怎么办,太奶奶简直跟伯尼一样疯。"他真的瞅见一个鬼鬼祟祟的家伙,妈妈。"她说了一句。

"我才不管他以为自己瞅见了啥。你们小屁孩别在这儿胡说八道,赶紧上楼去,别让我揍你们——"

"我饿了。"伯尼倚着摇椅,看着太奶奶的脸,声音甜如枫糖。

"小孩子吃饭你也不管吗,弗娜?"

"当然管。"

"晚饭还没吃,"伯尼说,"还有答应我的奶昔也一直没给我。"

太奶奶缓缓掀开毯子,颤颤巍巍地从摇椅上起来,仿佛再使点儿劲身子就会散架:"不知道有啥吃的。我压根儿没想到——"

弗娜又在假笑。"哦,奶奶,别理他。他总说自己饿了,其实啥事儿没有,不过是想引起注意。"她瞪着伯尼,谅他不敢反驳。可是伯尼盯着太奶奶——她正让自己的老骨头一块一块地离开摇椅,压根儿没注意。

"我们能不能扶太奶奶一把,安琪儿?"伯尼很担心。

安琪儿的目光在弗娜和太奶奶之间游移,不知道怎么回答。此时,伯尼已经抓住太奶奶的手,领着她走向冰箱。方方正正的小冰箱,顶部还有线圈,跟主人一样是老古董。太奶奶打开冰箱门,没有光亮。她探进脑袋,伯尼索性也把脑袋伸进去。

"没啥东西，"他说，"你压根儿没想到我们会上门，对不对？"

"要是有人事先给我打个电话，我还可以请人跑一趟便利店。"太奶奶说。

"好吧，我跑一趟。"弗娜不耐烦地说。

"算了，你跑不了。"

弗娜正要开口争辩。

"便利店关门了。"太奶奶从冰箱里拿出一个盘子，关上门，"安琪儿，不如你打开那个橱柜，看看里面是不是还有豆子或别的什么东西？"

"我不喜欢豆子。"伯尼说。

"我还以为你饿了呢。要是你不饿，我们就不费心了。"

安琪儿对着伯尼摇头，走过去打开橱柜门。两个搁板上塞满了猪肉罐头和豆子罐头，乱作一团，就像商场大甩卖的时候抢着排队的人群。最上头那个搁板的后面，还有几瓶桃子罐头。她取出一瓶豆子罐头。"要我热一下吗？"她盯着怒火中烧的弗娜问。

"最好不过了，电炉在那儿。"太奶奶挥了挥手，

"区区一瓶罐头,我就不生炉子了,浪费好木头。"

"你还在用柴火炉烧饭,奶奶?简直不敢相信。"

"如果有人愿意出钱,咱们也可以有一个高级的燃气炉。"

安琪儿拿着罐头站在橱柜边,不知道应该在橱柜或抽屉里好好地找一找开罐器和平底锅,还是应该动嘴问一下。

"在洗碗槽旁边的抽屉里,小姑娘,如果你是在找开罐器。伯尼,蹲下来给你姐姐找一个平底锅。不是,不是那扇门,隔壁,对喽。没错,那个应该可以。"

这个开罐器跟之前公寓挂在墙上的那个不一样。安琪儿还在摸索的时候,弗娜走过来,从她手里夺过开罐器和罐头。"我来吧。"她叹了一口气,"简直难以置信。"她小声嘀咕,"给。"她递给安琪儿打开后的罐头,锯齿嶙峋的罐头盖藕断丝连,还挂在罐头上。

安琪儿把豆子倒入平底锅,打开电炉。"有勺子吗?"她小声问太奶奶,不敢招惹弗娜。

"在你肚子前面的抽屉里。"太奶奶说。

安琪儿点点头,挤出一个笑容致谢,然后便全神贯注加热豆子。她不时搅动坑坑洼洼的旧金属勺子，生怕豆子烧焦了，惹得大家更不开心。

弗娜和太奶奶都不吃豆子。伯尼一开始只吃太奶奶忘记搁进冰箱里的那几瓶桃子罐头，被安琪儿踢了一脚，才装模作样吃了一口豆子，不过是悄悄含在腮帮里，对不喜欢吃的东西他都这样。

"嚼。"弗娜没好气地下令。

"可能有毒。"他嘴里咕哝。

"嚼，伯尼，不然别吃了！"她压低声音重复。太奶奶此时已回到摇椅上，裹好毯子，眼睛半睁半闭着晃来晃去。弗娜则开始四处走动，把橱柜和抽屉开来开去，嘴里嘟囔个不停。

"好了，"她突然说，"该睡觉了！你们现在上楼去！"

"伯尼还没吃完豆子呢。"

"爱吃不吃。我觉得他压根儿不饿。"

"我想喝奶昔。"

"噢，我还想中彩票呢。上楼，我去拿行李。我说上楼，安琪儿，带你弟弟上楼。现在！"

安琪儿吓了一跳："走吧，伯尼，妈妈说了。"

虽然他把眼睛瞪成玩具枪里的小子弹，但还是起了身跟着安琪儿往楼上走，不过他走每一个台阶时都大力跺脚，以表达对弗娜的不满。

"别这样，伯尼，太奶奶会生气的。我们保证要乖乖的，她才会让我们住下来。"

"外头真有圣诞老人吗？"他问。

"当然没有，别傻了。"

"那我不想住这儿。"

"我觉得我们没得选，伯尼。早就定好了。"

弗娜很快抱着床单出现在门口。"安琪儿，帮伯尼穿上睡衣。洗手间挨着厨房，所以你们最好现在就去，免得半夜爬起来。"伯尼背对着她坐在床边，"咋回事，伯尼？"

他没作声，弗娜走到他身边坐下。"我说……"她的声音突然变得温柔，"我说，你怎么啦？"她帮他拂开脸上的头发。

"我不喜欢这里，"他说，"没有圣诞老人，而且我讨厌吃豆子。我想回家。"

"你一定要勇敢,好吗?慢慢就习惯了。你会喜欢乡下的,乡下可好玩了。"

"比如?"

"比如……"她沉吟片刻,"比如,你在外头想怎么玩就怎么玩,没有汽车,没有陌生人,没有——"

"有陌生人。我们瞅见了,就在窗外。"

她的嗓门就像电视里的笑声特效那样,突然变尖了。"要我说,那是你在胡思乱想。"

"那就是太奶奶在撒谎。她说是圣诞老人。"

"嗯,也不是不可能。我也犯过错,谁知道呢。"她凑过去,在他额头上亲了一下,"答应妈妈一定要勇敢,好吗?不要调皮捣蛋,好吗?"她突然站起来,又变回那副"我说了算"的样子,"好了,伯尼,你让一让。安琪儿,过来搭把手,帮我铺床。"

伯尼揪着大熊的耳朵,把它从床上拖下来,靠墙站着,一边吮着大拇指,一边拨弄大熊的耳朵。安琪儿和妈妈忙着铺床。

"接下来,"弗娜直起身,"穿好睡衣,去趟洗手间,上床睡觉。别磨叽!"等她发布完命令,啪嗒啪嗒响的高跟鞋已经在下楼了。

安琪儿的衣服整整齐齐码在箱子里,所以她一下子就找到了自己的睡衣。她准备下楼时,伯尼还在大箱子里翻来覆去地找。"别翻了,伯尼!你把所有东西都搞乱了。"

"并没有,"伯尼说,"而且这是我的东西,我爱怎么搞就怎么搞。这儿呢,瞅见没?你以为我找不着,可我找着了。"

他们悄悄下楼。

弗娜正坐在厨房的椅子上抽烟,太奶奶还坐在摇椅上晃来晃去,难道她不会干别的?"我们上洗手间。"安琪儿说。

"那就赶紧。"弗娜说。

"妈妈,我和伯尼的牙刷忘记拿了。"

"我不是让你检查洗手间吗?真是,难道你的脑子不长记性吗?你已经十一岁了,安琪儿,得负起责任来。"

"对不起。"

"唉,去吧,赶紧去洗手间,牙刷的事儿以后再担心。"

★　★　★

　　安琪儿被吵醒了。窗户外没有街灯,伸手不见五指。是车子的声音,不对——是不灵光的皮卡车发动引擎的声音。安琪儿猛地坐起来。突然,她想起大箱子里全是伯尼的衣服,弗娜压根儿没带自己的衣服。她一直听着,直到引擎声消失在远处。

7 观星人

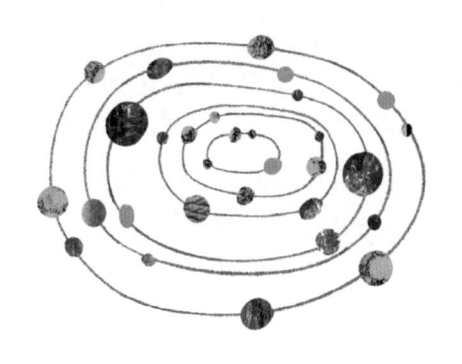

安琪儿安慰自己，弗娜只是出门办事了，仅此而已。兴许是去买点儿"甜心粒粒"，那是伯尼的最爱。弗娜可能想补偿伯尼，因为他既没喝到奶昔，晚饭还吃了他最不喜欢的豆子罐头。这么晚了，找一家还在营业的店可不容易。没准儿她得跑很远，才能找到有快餐店的大城镇，乡下的超市可不会通宵营业。我应该再睡一会儿，应该不用一小时，弗娜就回来了。没有必要躺在床上忧心忡忡。

弗娜没带自己的衣服。她当然带了，只不过装在另一个箱子里，没跟伯尼的混在一起。为啥要跟伯尼的东西装在一起呢，她喜欢整洁——好吧，我没瞅见还有箱子啊，可是没瞅见不等于没有，我忙着收拾或照看伯尼的时候，弗娜完全有时间再打包一个箱子放车上。可是她为啥连锅碗瓢盆都不带？连那台几乎全新的电视机也不带？

安琪儿思前想后，把被子拉到脖颈处。虽然是夏天，房间里很热，她却感受到了寒意。由于疏忽大意，把孩子落在通宵营业的小餐馆是一回事，但故意把他们扔到乡下是另一回事。那样，他们姐弟俩就成了"韩塞尔和格雷特"了。她可能是回公寓收拾行李了。伯尼成天哼哼唧唧缠着她，她哪有时间收拾。肯定是这样。可是，她为什么要深更半夜回去呢，就不能等到明天白天？还有，"不超过一星期"是啥意思？就是差不多需要一个礼拜。从一个住了将近一年的地方搬走，确实很花时间。

安琪儿翻来覆去。没用，就是睡不着。好吧，至少伯尼睡着了，他不知道妈妈走了。天哪，要是他发现了会如何？她不想告诉他。等他明天醒了，就跟他说妈妈回伯灵顿的公寓收拾东西去了，会很快回来。还有，妈妈希望他们乖乖的，多帮帮太奶奶。

还是叫她奶奶好了。说起来她是韦恩的奶奶，不是她和伯尼的奶奶，可是太奶奶太拗口了，而且听起来有点儿滑稽。伯尼似乎有点儿喜欢她——不过话说回来，伯尼对陌生人一直有好感。至少，他不怕奶奶，安琪儿还以为他会怕呢。好在她忍住了，没有告诉他《韩塞尔和格雷特》的结局，她自己都不希望记得那个结局。毫无疑问，奶奶家当然不是糖果屋。除了桃子、猪肉和豆子罐头，她必须说服奶奶买点儿别的食物，她似乎对营养全面与否毫不关心。因为伯尼不吃豆子，所以五大类食物[①]中他只能吃到一种，只吃桃子罐头的小男孩容易生病的。

净瞎说，在那之前，弗娜早回来了。她会带着大大的杂货袋，里面装满好吃、有营养的东西。你就爱瞎操心，安琪儿。弗娜一直这么说她，安琪儿也知道自己是

[①] 由于任何一种天然食物都不能提供人体所需要的全部营养素，所以营养学上提倡人们平衡膳食结构，食用包括谷薯类、蔬菜水果类、畜禽肉蛋奶类等五大类食物，以达到合理营养、促进健康的目的。——译注

杞人忧天，但她就是忍不住。

没准儿应该瞅一眼弗娜的床铺。对了，她怎么就能肯定开走的那辆皮卡车是弗娜的呢？没准儿是她和伯尼瞅见的，院子里那个鬼鬼祟祟的家伙的车。奶奶应该是认识他，因为她似乎不担心有人在院子里出没。肯定是这样，开走的是奶奶口中的"圣诞老人"的车。可是她为什么不直接说出那个人的身份呢？必须承认，她真的有点儿怪——不是那种吓人的怪，而是那种老太太的古怪。

安琪儿还是辗转反侧。果真睡不着，还是去瞅一眼弗娜的床铺吧，如果床上没人，那就下楼看看弗娜是不是在楼下，或在外头抽烟，又或是在干别的什么事。没来由地担忧真的很傻。不会的，哪怕是弗娜把他们扔在餐馆里那回，也不是成心逃之夭夭或甩手不管。她爱安琪儿和伯尼，虽然有时候脾气很坏。

脾气坏也不能怪弗娜。生活对她来说太难了，韦恩进了监狱，她必须挣到足够的钱养活三口人，而对一个高中辍学、丈夫坐牢、要拉扯两个娃的年轻妈妈来说，找到一份好工作真的不容易。她难免会日益厌烦疲惫，脾气越来越坏。任谁都会这样。

安琪儿从被子里溜出来，踮着脚走到伯尼床前。他踢开了被子，仰面躺着，嘴巴微张，发出微微的呼噜声。安琪儿帮他拉上被子，拍拍他的肩膀。他揪住被子，翻过身去，重重叹了一口气。

她走到过道对面的门口往里看，双人床上的被褥平整未动，弗娜不在。她摸到楼梯扶手，小心翼翼地顺着几乎全黑的楼梯下楼。厨房也是黑乎乎、空荡荡的，奶奶已经离开摇椅，上床睡觉了。没准儿弗娜在外头，她经常跑出去抽烟，因为安琪儿提醒过她二手烟的危害。

她摸黑走向门口，地板嘎吱嘎吱地响。驻足聆听，奶奶卧室的房门后并没有什么动静。她扭动厨房的门把手，往里一拉。看见了吧？厨房门没锁。如果不是预料弗娜很快会回来，奶奶会把门锁上的，不是吗？

没有弗娜的影子，她的皮卡车也不见了。安琪儿走向院子深处，进一步确认。没来由地，她抬头望天，大吃一惊。

有生以来她从未见过如此景象。天上满是星星，有些地方还闪着特别耀眼的光芒。可以许愿的星星不再只有一颗,整个天空都被星星填满了。它们眨着眼睛闪着微光,仿佛在邀请她把成千上万个愿望送上去。

首先,我希望弗娜现在就回家,最晚等到天亮也要回来。其次,我希望伯尼那个不好的愿望不作数,爸爸真的回家来,我们一家人开开心心的,住在货真价实的房子、货真价实的城镇里。她离开房子,经过一间粗陋的棚屋,在堆满垃圾和破烂的院子里小心翼翼地行走,穿过一个篱笆墙的豁口,到了野地里。她穿着单薄的睡衣,冷得瑟瑟发抖,后悔刚才没穿上运动鞋,地面凹凸不平,甚是扎脚,但她就是忍不住往前走。仿佛着魔了一般,仿佛天空对她施了咒语。她忘了弗娜,忘了韦恩,甚至忘了伯尼,一直站在那儿抬着头,仰望着星空。

"美极了,是不是?"

安琪儿吓得跳起来。那个男人就在她身后,俯看着她。他的个头比韦恩还高。她转过身去,瞅不清他的脸,只看到乱蓬蓬的胡子和头发——圣诞老人。她的心怦怦直跳。

"喜欢吗?"

她说不出话来。他的脑袋也向后仰，凝视着星空，左手拿着曾被她以为是火箭筒的庞然大物。"跟我来，"他直起身子，"还有更好看的。"

安琪儿明白，不能随便跟陌生人走。好家伙，学校里成天说这个。她摇摇头："不了，我该回去了。"生怕他在黑暗里瞅不见她摇头，她又补了一句，"现在就回。"她转身就走，小心翼翼地不去碰触到他。

"我正想好好观察一会儿木星，"他说，"我敢说你从未用望远镜看过木星。"

原来那个火箭筒是望远镜。她隐约受到诱惑，可是头脑清楚的小孩不会跟陌生人……"我该回去了。"她又说，可是并未移动脚步。

"你不认识我啦，安琪儿？"他怎么知道她的名字？"你还是一个小不点儿的时候，我抱着你从望远镜里看过星星，还是我那台老望远镜。现在，我有一台更好的。"

安琪儿隐约想起来什么。难道这就是她曾经在这儿受到的善待？大人们在吵架，她从拖车里跑出来，到了野地里，有人在那儿抱着她看星星。在她的记忆里，那仿佛是一场梦：年幼的她受到惊吓，而上帝派来了一个天使。

"呀，没错，我想起来了。"她说。

她跟着高个儿男人走到牧场中央。那里没有树木，没有建筑物，没有牲畜或人类——只有天和地。他打开望远镜的小细腿支在地上，拧紧螺丝，直到望远镜站稳了。然后眼睛凑近顶部的小短管，缓缓移动长管，直到他说："好了，看见了。何等壮观，安琪儿。我觉得她今晚就想让你大饱眼福。"他后退一步，"从这儿看，"他指向长管的末梢，"没错。瞅见没？"

眼前黑乎乎的，啥也没瞅见。"没有，"她说，"不好意思。"

他弯腰凑近管子，扭了一下边上的旋钮。"再试试。"他说。

"哦，"她吸了一口气，"哦，她有四个宝宝！"

他笑了出来。"那些宝宝其实是她的卫星。可怜的老地球只有一个卫星，可是木星有一大串，还有很多星尘。我的望远镜功能不够强大，最多只能显示四个卫星。"他搭着她的肩膀，"瞅见那边的大光斑了吗？"

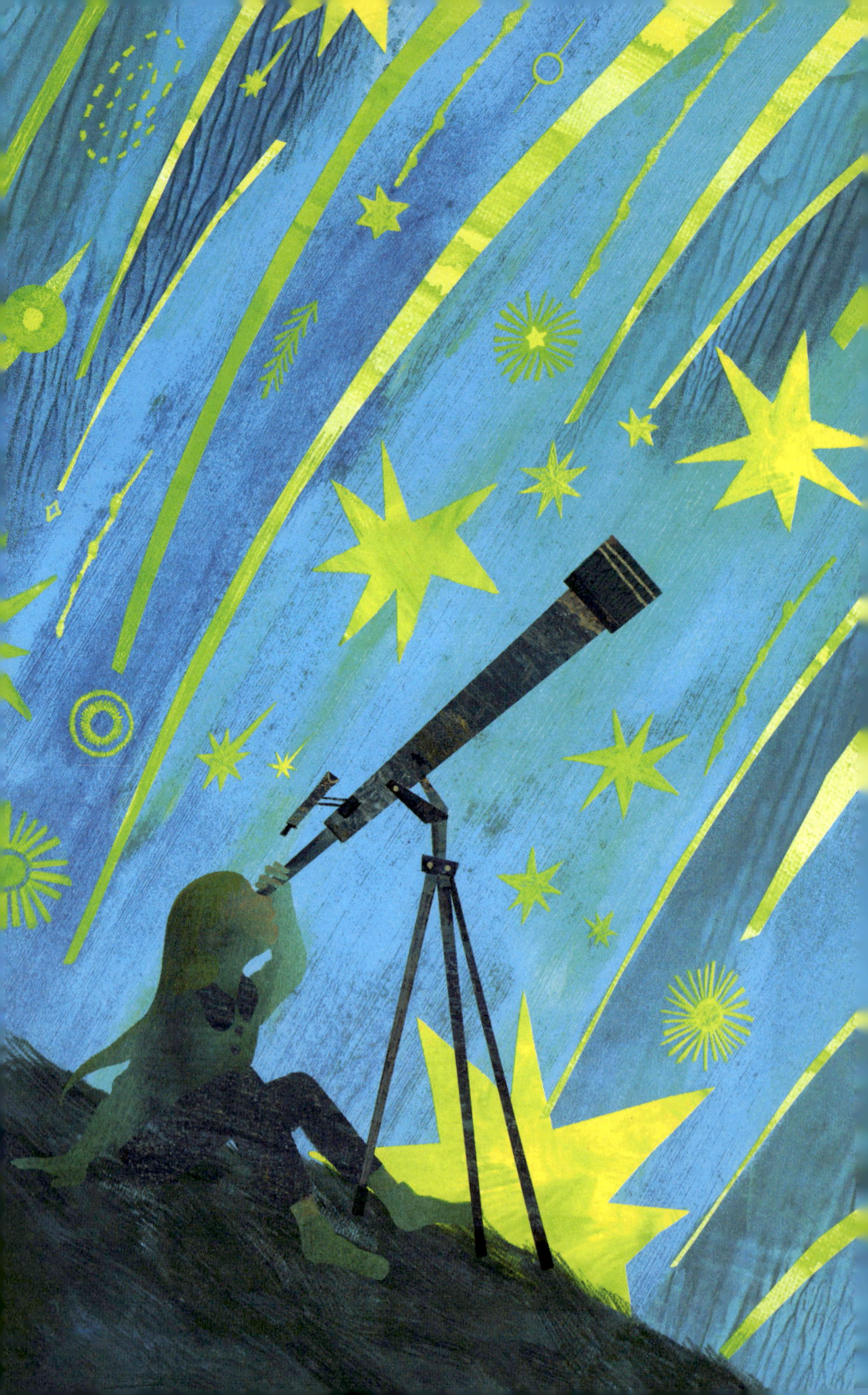

虽然她实在不想让眼睛离开望远镜，但还是照办了。"啥？"

"你觉得那是啥？"

"不知道，"她说，"是更大的星星？"

"看起来如此，但实际上是星团。不止一颗星星。你知道它们离你有多远吗？"

"几千英里[①]？"

"何止，是上万亿。但是我们看到的不是此刻的星星，而是星星发出来的光，因为路途遥远，哪怕是最近的那颗恒星发出来的光，也要走上4年多才能抵达你的眼睛，而光速可是每秒约186 000英里。"

眼睛再次凑近望远镜目镜的时候，她觉得有点儿头晕目眩。他的话可信吗？她看到的不是星星，而是星星发出来的光，正怒不可遏地在空中飞驰，可是路途遥远，似乎永远到不了地球。

她后退几步，眼睛离开目镜，脑子里全是灼热世界的光线劈头盖脸而来，在人眼所不能见的外太空疾行的场面。"有点儿吓人。"她说。

---

① 英里是英制长度单位，1英里约等于1.6千米。——编注

"为啥?"

"那么大——又那么远。相比星星,我们就像是蝼蚁。"

"不是。也没那么大,"他说,"这个世界也没那么大。"

"你的意思是我们就像虚无?这个世界就像虚无?"一想到她自己——她的世界——放在浩瀚星空中还不如一个斑点大,简直就像不存在一样,她不由得有点儿害怕。

"嗯,我们固然渺小,但并非虚无。"他说,"想知道一个秘密吗?"

"啥秘密?"

他伸手握住她的胳膊。

"噢!"她叫了出来。不是痛到了,而是惊到了。

"瞅见没?"他举起她的胳膊,"瞅见这里没?这儿的材料跟星星一模一样。"

"啥意思?"

"组成星星的那些元素、材料,与你身体里的那些元素、材料并没有什么不同。你也是星辰。"

胡说八道。"它们在天上燃烧，而我在地上发呆，一点儿也不醒目。"

"没错，但这并不意味着你们有多么不同。只不过，同样的元素也会有不同的际遇，你跟星星仍然是一脉相承的。"

她在八月的夜晚瑟瑟发抖，但并非因为她只穿了睡衣而觉得冷。"我该回去了，"她说，"伯尼醒了该找不到我了。"她开始往回走，一直走到乱糟糟的院子才回头。那个高大的身影仍然站在原地，望着她，宛如一场怪梦。

8 寻宝

醒来后，晨曦透窗而入。有一阵子，安琪儿忘了自己在哪儿。星星，好像跟星星有关，一个关于星星和陌生人的梦，那个陌生人知道所有星星的名字。她感到一阵激动，低头瞅瞅身上那床到处是补丁的被子，回想起来，经历了紧张而忙碌的一天，他们已经来到这所房子和这个床铺。她坐起来，抻着脖子，打量过道对面的房间，可是看不清楚床上到底有没有人。

她绕过伯尼的床铺——伯尼正在床上微微打鼾，走到对面弗娜住的房间。门开了一道口子。难道我昨晚离开的时候就是这样？她确信自己把门带上了，这么说……她用指尖轻轻推门，嘎吱嘎吱，她屏住呼吸。床上没人，压根儿没人睡过。她掀开被子，弗娜甚至没铺床单。别再自欺欺人了，弗娜昨晚没回来。

她回到自己的卧室——准确说，是他们的卧室——她和伯尼的。她套上衣服，目光始终盯着伯尼拱起的后背。大熊掉到了地上，正用无辜的纽扣大眼睛盯着她，似乎是在质问到底发生了什么，让它沦落至此。她捡起大熊，拍了拍，塞进伯尼身边的被子里。伯尼挪了挪身子，好像在给它腾地方。

楼下厨房传来沉重的脚步声，奶奶起床活动了。很好，一想到奶奶可能一辈子都待在那张摇椅上，她心里就难受。她手里拿着运动鞋，摸下楼梯，又停留了好一会儿，把光脚丫塞进没系紧的鞋里，双手还在牛仔裤后面擦了擦。

进厨房的时候，奶奶在炉子边转过头来："起来了，嗯？"

她点点头。

"嗯，别愣着，帮帮忙。"

她想帮忙，真的，可是不知道奶奶想让她干什么。"麦片在哪儿"诸如此类的问题，她压根儿不敢问，因为家里可能连麦片都没有。

"勺子在哪儿，你知道吧？"

"知道。"她匆忙应了一声，赶紧跑过去拿了三把勺子，摆在桌上。

"好像圣诞老人给你们送早餐来了，"奶奶指着橱柜上棕色的袋子说，"瞅瞅袋子里都有啥，"说完，她扑通一声坐到摇椅上，"我已经累了，连咖啡都做不了了。"

"我来做。"话一出口，安琪儿才想起来，奶奶家的咖啡做法可能跟自己家的不一样。

"只有速溶咖啡，"奶奶指着电炉说，"水应该够热了。"

橱柜上有一罐已经开口的速溶咖啡，边上摆着一个没有茶托、带着污渍的杯子。安琪儿取出另一把勺子，小心地铲了一勺咖啡粉到杯子里。一个木柄老水壶在电炉上汩汩作响。她拎起水壶，小心翼翼地加水进去。一眼便知，水还没有烧沸，咖啡变成好玩的浊状物。换作弗娜，泡成这样的咖啡，早被她倒进洗碗槽了。"加奶还是加糖？"她怯生生地问奶奶。

"三勺糖，一勺奶，如果袋子里有奶的话。"

安琪儿很快找到糖，在靠近炉子的一个大罐子里，上面贴着一个手写标签。在杂货袋里，还真有半加仑含2%脂肪的低脂牛奶、一盒加糖麦片——不是"甜心粒粒"，不过伯尼应该不会追究吧。毕竟，不用再吃豆子了。

安琪儿把咖啡杯递给奶奶，想着怎么问弗娜的事儿。她本可以开口就问，但是又担心奶奶的回答会让自己失望，所以就拖着，先把牛奶搁进了冰箱。

"你那个弟弟总是这么晚起吗？"

"他估计是累坏了。"

"昨天晚上我听到你跑来跑去的，像小老鼠。干吗去了？"

"我听到皮卡车开走。就醒了。"

"所以你跑出去追那个女人，嗯？"

这该让安琪儿如何回答呢？"我猜她是有什么东西要回去收拾吧。"

奶奶用嘴发出"噗"的一声,听起来有点儿滑稽。

"过一会儿伯尼醒了,发现她不在,估计会很担心吧。"

"我当然知道伯尼的感受。我也很生气。"奶奶用力晃着摇椅说。安琪儿忍不住担心奶奶手里的咖啡会溅出来。

"难道她也没跟您讲她要走?"听起来,安琪儿甚是不安。

"没说得那么明白。我本该猜到的,唉,可是脑子不像过去那么——"奶奶敲了敲太阳穴,"——好使了。那个弗娜跑得真快。"

"我保证,她很快就会回来的。"安琪儿觉得肚子一沉。

"啊?"奶奶身子前倾,双脚撑在地上,"你想让她这辈子就这么过吗?我敢肯定,那个没用的女人抛弃了坐牢的丈夫,还把两个小孩甩给一个连自己都没有力气照顾的老太婆。哦,上帝,真像他们说的,历史一再重演。就像当年我那个不中用的儿媳妇逃走,把襁褓中的韦恩甩给我一样。"

"弗娜不会扔下我们不管的!我发誓她不会。她爱我们!"

"相比你们,她更爱自己。"

"你们嚷嚷什么?"伯尼站在门口,一只手揪着蓝色大熊,另一只手揉着鼻子。

"起来啦,伯尼。"

"妈妈呢?"伯尼四处打量。奶奶碰到他的目光,哼了一声,低头瞅着咖啡杯。他转身问安琪儿:"我说,妈妈呢?"

"她必须回公寓收拾东西,"安琪儿说,她笃定奶奶不会戳穿她,"她会尽快回来的。"伯尼似乎很满意她的回答,至少目前如此,这让她如释重负,"吃点儿麦片吗?不是'甜心粒粒',不过一样好吃。"

伯尼坐到她指定的地方,任由大熊滑落至脚边。安琪儿捡起大熊,拍了拍,想了想,还是把大熊放在挨着伯尼的椅子上。她打开麦片盒,倒了一碗麦片,加了牛奶,递给伯尼:"吃吧。"

"我要加糖。"

"已经有糖了,伯尼。外面裹着糖衣呢,不用再加糖了，对你牙齿不好。"

"我就是要加糖。"她不忍让他难过，又从糖罐里舀了一茶匙糖加到他的碗里。

"小男孩被惯坏了。"奶奶喃喃自语着。安琪儿没理她。

如果伯尼真被惯坏了，那只能是她的错。她只想让他开心，仅此而已。毕竟，他很容易不开心。她给自己倒了一碗粉色的加糖麦片，不忘把牛奶搁进冰箱，才在伯尼对面坐下来。他没在吃。

"呀，"他说，"难吃死了。"

"难道你想吃豆子？"她压低声音没好气地说。

伯尼晃了晃脑袋，埋头吃了起来。

她能拿他怎么办？或者，拿自己怎么办？这不公平。弗娜到底怎么想的，扔下她和伯尼？她强迫自己咀嚼甜不拉唧的麦片糊。麦片有一股香水的味道，实在难以下咽。可是她一放下勺子，就感觉伯尼在盯着她。最后，她凑到桌子对面小声安抚伯尼："没事，伯尼。等妈妈回来一定会给你带'甜心粒粒'麦片的。"

他把脸扭得相当难看，表达着他的不满意。

"乖乖的,"她近乎乞求,"求你了。"

伯尼一言不发,但又吃了一口麦片,这让她松了一口气。

等他们勉强吃完的时候,碗底的粉色牛奶里还漂着燕麦糊。安琪儿起身大声说:"那我去洗碗了,好不好,伯尼?然后我们就可以去外面玩了。"

伯尼困惑地盯着她,没说话。他一把拉起大熊,熟练地将右手大拇指搁进嘴里。她微微晃了晃脑袋,此刻,她没法儿剥夺他的乐趣。

"你多大了,小男孩?"奶奶的声音很尖,"这么大的孩子了,还恨不得把大拇指伸到喉咙里去,我可真是没见过。"

安琪儿赶紧走向洗碗槽,把剩余的牛奶连同麦片糊都倒了进去。她快快地把碗洗好,将碗口朝下搁在槽边的台面上。"好了,伯尼,准备好出门了吗?"

"我还穿着睡衣呢。"

她本来想说,在这荒郊野外,哪怕你光着身子也没关系,但还是作罢了。"哦,那就上楼。"

给他脱睡衣、催他穿衣服的时候,他一点儿也不配合，非要抱着大熊。她只得强行夺走，才勉强褪下他的睡衣袖子。让他穿上T恤更是不可能了。

"想不想穿新T恤？"她问。

"不想。"

"好吧。我还打算把我那件印着高飞狗的迪士尼T恤给你呢，既然你不要……"

"我要，我要，我要！我要穿。"

她从行李箱拿出T恤。"除非你把大熊放下来，直到我给你穿上T恤为止。"

"好吧。"他说，好像是对于要给她这么大一个方便感到恼火，他把大熊一下子扔到地上。

"你再这么把大熊扔地上，小心它从家里逃走。"她不假思索地说。他的脸马上愁云密布，接着就哭了起来。不是号啕大哭，而是小声啜泣，仿佛心碎了似的。

"跟你说过了，伯尼，"安琪儿蹲下来，紧紧搂着他，"跟你说过了，妈妈只是离开一会儿，很快就会回来的。"

"不，她不会了，"他对着T恤大哭，"她跑了，永远不会回来了。永远，永远，永远。"他抽抽噎噎地哭着，鼻子在手背上蹭来蹭去，"都怪我，因为我是一个坏小孩。"

"她会回来的，伯尼，我保证。而且，你不是坏小孩。"

"我是，我是，我是。我想喝奶昔，她答应给我买奶昔，所以我是坏小孩。她答应过的。"

"我知道，伯尼，我知道。可是人们不能总是说到做到，即使他们想做到。"她突然想起，她说过妈妈很快会回来的，"妈妈一定会回家的。这是一个真实的约定，我向你保证。"

他狐疑地盯着她："是真是假，你咋知道？"

"我就是知道，好吗？来。"她到处找纸巾盒，可没找到，只好从牛仔裤的口袋里掏出一张几乎揉碎了的纸巾，尽可能帮他擦掉鼻涕。之后穿衣服时他便不再抵触。

★ ★ ★

"现在干吗？"伯尼问。此刻，他们站在阳光明媚的院子里，望着一堆堆的破烂儿和破败的棚屋。伯尼问了一个好问题。

"伯尼，我们来一次自发的冒险吧。"安琪儿说。

"那是啥？"

"嗯，我在学校的书本里读过。就是，你发现自己到了一个古怪的地方，观察打探一番后，你决定做点儿什么。然后，你的决定就会带领你进入一次大冒险。"

"我不想玩。"伯尼又开始吮大拇指。

"好吧，那我自己玩去了。"安琪儿走向牧场。大白天的，可以瞅见牧场曾被栅栏围着，如今大部分栅栏已经腐朽倒地。牧场在白天没啥好看的，没有恒星，也没有行星，不过相比堆满垃圾的院子，在这里走动倒是更安全。

"等等我！"伯尼叫起来。安琪儿回头看着伯尼。

只见伯尼绕着垃圾，跑成之字形，可怜的大熊被他拖在身后的尘土里。

"我们为什么不把大熊留这儿，自个儿去冒险呢？"

"不要！"伯尼摇头，"大熊不会喜欢那样的。它会害怕。"

"好，但是别拖着它跑，好吗？脏死了。"

伯尼低头看了看。"可是它太重了，我抱不动。"

"嗯，我来抱。"安琪儿伸手。

伯尼不情愿地交出大熊，说道："你绝对不能丢下它，可以吗？"

"可以，我保证。"又是这三个字，好在这回伯尼没有质疑。

牧场好像比她昨晚见到的小得多。这里没有牛羊，不像他们之前路过的那些牧场。丘陵上的小草又短又秃，偶尔点缀着几棵长刺的灌木。瞅不见任何摩根农场路还有农场存在的迹象，甚至连牛棚都没有。只有这所老房子，院子里堆满垃圾，有辆破旧报废的拖车，和一小片空空荡荡、晚上绝美而白天落魄的野地。远处有一片树林，可是他们的冒险还没有大到那个份儿上，她不能领着伯尼和大熊去那儿。要是迷路了咋办？他们很可能回不来。

"我不喜欢这个地方，"伯尼说着，伸手去抓大熊，"没事情做，没东西吃，没人一起玩。啥都没有，没有，没有。"他的小脸蛋在蓝色毛绒上蹭来蹭去。

"当然有,伯尼。我决定在院子里冒险一番,去寻找隐秘的宝藏。"

"啥宝藏?"

"在那一堆堆的垃圾和破烂儿里,一定有什么大宝藏,等着你和我去发现。"

"你骗人!"伯尼根本不信。

"好吧。那你回屋去吧,我自个儿去寻宝。"

"我不想回屋。"

"随你便。"安琪儿走回院子。伯尼屁颠屁颠地跟了过来,大熊被他拖在屁股后头。安琪儿装作没瞅见。

院子里最占地的破烂儿是一堆摞成小山一样的生锈金属,她猜测可能是废弃的农场机械。这些东西她不敢碰,被生锈的金属割伤可能会染上可怕的疾病,不是吗?比如破伤风之类的。"这堆破烂儿里不可能有宝藏。"她告诉跟上来的伯尼。

"你咋知道?"

"我就知道,"她说,"我决定去棚屋探险。"

"为啥是你来决定?"

"因为我最大。"

"你永远都是最大的。"

她对他的抗议置之不理,绕着院子走到棚屋。门已凹陷,仿佛挺立了多年终于扛不住了。门闩表面结了一层橙色的硬壳,已经无法扣上,上面垂着一把废锁,生锈的钩链敞开着。她拉了拉门,可是门的底端陷在泥土里,一动不动。她使出全身的力气用力一拽,这才拉开一个小口子,可以往里窥视。"简直就像秘密花园的入口。"她嘀咕了一句。

"啥园?"

安琪儿没回答。

9

天文学

不出安琪儿所料，棚屋里堆满了杂物，可是仍有地方让两个小孩溜进去。每面墙上都有一扇脏兮兮的小窗，而让她惊讶的是，光线是从上面透入的。并不是从完整的洞眼，而是从一个带有很多洞眼的小烟囱透入的，而且似乎有人故意如此安排。这令她想起四年级那次参观枫糖制作过程的田野旅行。那座建筑也有这样的小烟囱，带着洞眼，好让底下沸腾的枫树汁产生的蒸汽和浓烟消散。所以奶奶院子里的这个棚屋，原来是个炼糖的小工棚，只不过早就废弃不用了。沿着墙壁，散布着一摞摞的过期报刊、一张婴儿床和一把高脚椅,还有一台看起来很久没用的割草机、几个生锈的枫树汁桶,以及一口平底大锅。中间是熬糖的炉子,堆着更多的旧报刊,墙上还挂着生锈的排气管。

伯尼皱起鼻子,说了一声:"好臭。"

味道的确很重,有发霉和腐烂的味道,带着辉煌往昔的残余——令人作呕的甜味。枫树汁就是在这里被煮沸炼成糖的。

"我不喜欢这里。"伯尼气喘吁吁地说。之前在诊所,医生叮嘱过弗娜小心伯尼哮喘的症状。

"我们出去吧。"安琪儿发话。她本想跟着伯尼出去,却被什么东西勾住了脚步:一排大开本的图书,原本是绛紫色的,如今由于发霉变成了五彩斑斓的。她推开一摞水桶,想凑近了看。

"安——琪儿!"伯尼在门口哭叫起来。

"马上,马上就来。"原来是一大套过时的百科全书。可是天空永远不会过时,对不对?她在书架上寻找以S打头的分册——可以告诉她更多关于星星知识的分册。可是所有分册都乱了套,所以她只能用指尖一个个数字和字母对过去,直到她找到从*Sordello*到*Textbooks*的分册,然后顶着霉味快速翻页浏览,尽量不搭理哭叫得越来越厉害的伯尼。

在显然与星星无关的Star Chamber(星室法庭)和看起来也不像星星的Starfish(海星)之间,有一个Star Clusters(星团)的条目,并附有一篇长文。她扫了一眼,发现基本读不懂。伯尼已经在棚屋边暴跳如雷了,可是她却停不下来。"好啦,好啦,再给我一分钟。"

"你每回都这么说!"伯尼反驳安琪儿。

她懒得争辩,眼睛疾扫而下,那篇文章末尾写着:参阅Nebula(星云);Astrophysics(天体物理学);Astronomy(天文学)。没错,天文学,这就是她想找的。

"安——琪儿!"伯尼叫得更加不耐烦。

"别急,伯尼。我说了,一分钟。"

"已经好多分钟啦。"

"那你就多等几分钟。"为什么每回都找不到自己想要的东西?这是第一卷没错,可是最后一个词条是Antarctic(南极)。

"我警告你,安琪儿·摩根,最好马上出来,否……否则!"

找到啦!她抽出厚厚的分卷,迅速转身,把一堆木桶撞落在地,发出乒乒乓乓的声响。她绕来绕去躲着这些木桶,也没时间收拾了,蹦跳着出了棚屋,累得上气不接下气,好像刚跑完长跑。

伯尼瞪着她和那本大书,带着一丝疑虑。"我要告发你。"他说。

"啥?"

"告诉奶奶,你偷了她的书。"

"并没有偷,只是借,跟图书馆借书一样。"

"就是偷,你也知道。"

"哦,伯尼,我不过把它从棚屋挪到家里而已,它甚至没有离开这个家。别跟奶奶说,好吗,伯尼?"

"既然不是偷,为啥不让我说?"

她琢磨了半天才想出一个回答。"奶奶跟我们还不熟,对不对?她可能理解不了,甚至不想让我们进入那个棚屋。"

"我再也不进去了。我不喜欢那里,让我喘不过气来。"伯尼说。

"不用你进去,但是你可能想让我进去。"

"为啥?"

她停下来打量伯尼,只见他左手拎着大熊,右手叉在屁股上,似乎在挑衅。"因为可能有什么隐藏的宝藏。"

"宝藏?"他的右手立刻离开屁股,"真的,还是假的?"

"呵呵。"

"真有宝藏,你愿意跟我分享吗?"

"当然愿意。我啥时候吃过独食,伯尼?"她又补了一句,"而且我们还会告诉奶奶。"

"为啥?"他瞪大眼睛。

"因为,"她说,"不告诉她,就是偷了。"

"不,不是!如果是我们找到的,就是我们的宝藏。法律也这么说。"

"可是你刚才说,如果我拿走那本书——"

"书可不一样。"

"噢,为了万无一失,我们还是不提书的事儿了,你说呢？"

"好吧。"他说，又开始吮大拇指。

★ ★ ★

他们一直等着，直到确认奶奶不在厨房了，才溜进去，径直带着书上楼。安琪儿先把书藏在枕头下，然后打量了一下房间，说："我们还是整理一下床铺吧，伯尼。"

"为啥？奶奶又不会在意。她根本不上楼，她自己说的。"

"因为干净整洁的床铺看起来更舒服。"

"那你自个儿整理。"说完，他拖着大熊迈步下楼。总有一天大熊会被他毁了，她知道这一点，可是有什么办法既能让伯尼不发脾气，又可以保住大熊？她叹了一口气，开始铺床。床单大小不合适，所以边边角角的地方不容易弄平整，不过上面盖着被子，也看不出褶皱来。

她听到伯尼在楼下跟奶奶说话，于是从枕头下取出那本百科全书，查阅天文学的条目。字不大，也没有实物图，只有科学示意图，但总得试一试。"天文学是最古老的科学，在有文字可考的文明之前即已存在。"她忍不住长吁一口气，仿佛这口气已经憋了一辈子。神秘的自我冒险即将开启，她就要回到那个"有文字可考的文明之前"了。

★ ★ ★

"安琪儿，安琪儿，安——琪儿！"伯尼趴在她身上，"醒醒！"

她噌的一下坐起来。之前肯定是抱着那本大书睡着了。"我没睡，"她赶紧掩饰，"我在看书呢。"

"不，你睡着了。还打呼噜呢。"

"你想干啥，伯尼？我这会儿忙着呢。"

"奶奶说，如果我们不想吃豆子、桃子和那种可怕的麦片，就要走路去杂货店买。"

"好的。"她立刻坐直了，把书塞到枕头下。

"她让你去，我太小了，去不了。"

"我们一起去,"她说,"我需要你帮我拿东西。"她站起来,拉了拉T恤。"她会给我们钱吗?"她问伯尼。

伯尼耸耸肩说:"应该会吧。"

奶奶给了安琪儿五美元。这点儿钱根本不够,安琪儿知道,买不了啥东西,可是至少可以让他们撑过今天。弗娜应该晚上就回来了——最晚明天吧。肯定的。

奶奶说过,这里离杂货店有两英里,比之前弗娜停下来问路的老房子还远,要一直走到村里。不过,如此美妙的夏末午后,天也不热,还有什么可以让伯尼更开心的?她成功说服伯尼不带大熊。"又是杂货又是大熊的,你拿不动。"她这样说。

他们兴高采烈地上路了,可是还没走到弗娜问路的老房子,伯尼就开始磨叽和抱怨。"我又热又累,"他说,"为啥奶奶不开车送我们去杂货店?"

"她哪儿有车?"安琪儿说,"就算有车,她这把年纪也开不了。"

"她肯定有车,"伯尼说,"就在拖车旁边。"

"我没瞅见。"

"哦，我瞅见了。昨天一到我就瞅见了，有一辆又大又脏的老爷车，就在拖车的另一边。"

"没准儿也是破烂儿——跟拖车一样。在乡下，如果车坏了，人们一般不修，而是任它生锈，甚至会嫌麻烦，不愿意送到废品站。"

"那为啥今天早上不见了？"

安琪儿立刻愣住了。"伯尼，你昨天瞅见一辆车，但今天早上不见了？"

"我刚刚说过了，不是吗？"

没准儿那个观星人不是梦。"没准儿——"

"啥？"

"没啥，伯尼。我想有人住在拖车里，仅此而已。"她又迈开脚步，但是伯尼一动不动。

"安琪儿！"伯尼叫了一声。她回过头来。只见伯尼脸上的不快变成了恐惧。"难道就是那个强盗？拿着大枪的强盗？"

"不是强盗。你也听奶奶说了。"

"她说是圣诞老人。撒谎，肯定的。"

"不论是谁，没人会伤害我们。"

"你咋知道?他手里有枪。"

她走回去,抓住伯尼的手。"没准儿不是枪呢,伯尼。"

他把手甩开:"不是枪是啥?告诉我!"

为什么她不直接说"望远镜"呢?为什么不告诉他观星人的事儿呢?相反,她说:"嗯,就算是枪又如何?乡下地方很多人有枪,但这并不意味着他们是疯子,或他们想开枪打你。乡下人喜欢打猎和做标本。"她又抓住他的手,"说点儿有用的,如果杂货店有'甜心粒粒',我保证给你买一盒,如何?"

"你说过那太贵了。"

但她还是想买。杂货店的霉味没有棚屋那么重,一盒"甜心粒粒"麦片要价三块多,而她身上只有五块。可是那个胖乎乎的售货员是爬上梯子,从高高的货架上取下麦片后,才告诉安琪儿价格。剩余的钱,安琪儿又买了一小罐花生酱和一条面包。这些应该可以让他们撑到妈妈回来。没钱买果酱,那也没辙,必须给伯尼买"甜心粒粒"。

他似乎不是特别感激。杂货店有一排排的糖块和一整柜的冰棒。"我要一个冰棒。"伯尼说。

"钱不够了。"安琪儿尽可能小声说。

"哦,那就要一块糖。"

"也不够,伯尼。"要是她把打车钱塞到袜子里就好了。她以为荒郊野外的,数英里之内见不到一辆出租车,没必要带急用钱。

售货员一脸无奈地盯着他们——钱不够用,小弟弟又不理解。要是实在过意不去,她可能会扔给他们一块糖或别的,但她只是笑了笑,说着"祝你们愉快,小朋友",递给安琪儿几美分的零钱,把一小袋杂货从柜台上推给安琪儿。

安琪儿揪住伯尼的手,把他拖出杂货店。走下楼梯后,她把袋子搁在地上,掏出麦片盒,打开盒盖,给伯尼抓了一把。"给,"她说,"这个跟糖块儿也差不多。"

"差多了。"伯尼虽然这么说,但他还是吃了起来,每一口都在嘴里吮,直至麦片完全溶化。这让他安静了差不多五分钟。哦,老天,要是妈妈今天晚上不回来,我可咋办?安琪儿担心起来。

★ ★ ★

当天晚上妈妈没回来,第二天晚上也没有。

"你保证!"伯尼责怪她,"她会回来的。"

"我是保证过,伯尼。我也不知道她被什么事儿绊住了。"

"她永远不会回来了。永远,永远,永远!"

安琪儿打过电话,用奶奶那台挂在厨房墙壁上的黑色旧电话。是那种数字围绕成一圈的拨盘式电话,而不是按键式电话。她明白这是长途电话,用奶奶的电话打长途让她心生不安,可她就是忍不住。总得试试。电话响了一声又一声,第三天终于有人应答。不是弗娜,而是自动提示的声音:"您拨打的电话已停机。"这说明弗娜收拾好东西,搬出去了,正在回来的路上!"瞅见没,伯尼,我就说,今天晚上她就回来了!"

可是并没有,下一个晚上也没有。虽然她曾向奶奶保证——"不超过一星期"。转眼一个星期过去了。弗娜还是没回来。"甜心粒粒"没了,因为伯尼顿顿吃,不单是早饭。安琪儿早饭吃其他含糖食物，中饭和晚饭则吃花生酱三明治。奶奶有豆子和桃子罐头即可满足。五大类食物分别是什么，即便成年人也要饮食均衡，等等，这些生活常识由安琪儿来解释，似乎非常不合时宜。

她成功地让牛奶撑了差不多一个星期，只有早饭吃麦片时才定量供给，其他时候绝对不喝。伯尼倒是不在意牛奶，中饭和晚饭干嚼麦片就可以让他满足。他时不时要汽水喝，相比真实的请求，这更让人气恼。安琪儿知道他其实也明白，冰箱里不会凭空出现可乐。不过，那些没有黄油、粘牙的花生酱三明治，搞得安琪儿自己也总想喝上一大杯冰牛奶。此时她觉得自己从未像现在这样爱喝牛奶，做梦都想喝，那感觉就像在沙漠里迷路的人渴盼着绿洲。

雪上加霜的是，那个星期每天都在下雨。她还能干啥？伯尼无时无刻不在烦她。要是有一台电视机就好了。"电视戕害幼小心灵"，谁还顾得上哈林福德老师的这些想法？找不到东西让伯尼安静下来，安琪儿自己都要疯了。每个房间她都偷偷找了一遍，包括那个总是关着门的起居室，就差奶奶的卧室了，还是没找到电视机。她对天文学的涉猎也没有进展，每次她掏出那本大书，伯尼就声称哮喘要发作。

终于，星期六一大早，弗娜还是没回来，趁别人都还在睡觉，她拿起电话。食指按住1，用力拨到底，然后松开食指，等1回到原位，再拨8。就这样，食指在十个阿拉伯数字上费劲地忙活，拨出那个除了家里电话，她唯一记得、随身携带的号码，就像是以防万一，她藏在袜子里的打车钱一样。

"我必须跟韦恩·摩根先生通话，"她对电话那头的接线员说，"我是他的女儿。有急事。"

10

天鹅座

接线员没有把韦恩叫过来接电话,她要了安琪儿的号码,表示会通知韦恩回电。可是电话从没响过。安琪儿回头一想,自从她和伯尼来了奶奶家,电话就没响过。说不定是电话坏了,韦恩可能拨了一次又一次,就是不能接通。

眼看一天一夜过去了,还是没有电话来,安琪儿终于忍不住,想告诉奶奶她的担忧。第二天一早,等到伯尼进了洗手间,她紧紧抓住背后的门把手,确保门关紧了,然后小声说:"奶奶,我觉得你的电话坏了。"

"哪儿坏了，就是有年头了，不是你们现在用的时髦玩意儿，但用起来没问题。怎么了？你问都不问一声就打电话？"

没错，而且是长途电话。"确实应该跟你说一声，可是，我着急给爸爸打电话。"

"韦恩？你给牢里的韦恩打电话？"

"是的。我本该问问你，可是妈妈一直不回来，我很担心——"

"难怪他昨天晚上打电话过来。"

"他打过来了？"安琪儿惊得大声嚷嚷，"你为啥不叫我？"

"你睡着了，而且，打的居然是对方付费电话。它要不是长途电话，我可能还会付费。那个女接线员问我，是否愿意接受韦恩·摩根的对方付费电话，我一听就火了。付什么付！如果那个臭小子真想打电话来，完全可以自己掏钱，而不是让他这个可怜的奶奶掏。"

"奶奶！我必须跟爸爸通话！"

"啥事儿？"

"妈妈的事儿，告诉他妈妈的事儿。她消失了，我不知道她在哪儿或啥时候回来。我必须问问他,我和伯尼将来怎么办。"

"怎么办?"奶奶歪着头说,"你这么说,是什么意思?"

"我们不能老住在这儿,奶奶。这对你不公平,而且……而且,如果福利局发现了,把我们送去寄养怎么办?那我们又会经历什么?"她打着哭腔,强忍住泪水。

"傻姑娘,福利局的人找不着你们。"

"可是,奶奶,要是他们上门了怎么办……"这里不适合小孩子生活,她该怎么跟奶奶解释呢?"奶奶,小孩子需要——比如说,正在长身体的小孩子需要五大类食物。"

"五大类啥?"

"让我出去,"伯尼开始踢洗手间的门。她移开身子,伯尼因为冲得太急,摔到了厨房里。"你想把我关起来吗?"他质问安琪儿。

"才不是,"她的眼泪又涌上来,"我是不想让你也坐牢,伯尼·摩根。不想让你长大变成一个罪犯,妻离子散，再伤透孩子们的心。"

伯尼目瞪口呆地盯着安琪儿。"不能哭鼻子，安琪儿。"他缓过神来说道。

"我就哭了，就这样！"

"嘘，嘘，你们两个，"奶奶说，"这里只有我才可以想哭就哭。可是你们见过我哭吗？"

"奶奶不哭，"伯尼说，"小孩才哭。所以你也不能哭，安琪儿，大孩子不能哭。"

安琪儿想止住，可是不能。她索性转身跑上楼，趴在床上，浑身发抖地蒙着枕头哇哇大哭起来，直到泪水浸湿薄薄的枕头。她知道自己失控了，但这不受控制的哭号，反而让她获得了一种古怪的愉悦——就像一个大塞子被拔掉，满腔的恐惧和忧虑，以及她短短人生未曾流完的眼泪，都犹如洪水倾泻而出。

伯尼很快上楼来到她身边，站着小声安慰她。

"安琪儿，安琪儿，安琪儿！别哭了，听见没？"

安琪儿的眼泪就是止不住，不能止住，甚至不想止住。彻底释放的感觉真好，不用再操心，操心任何人、任何事，包括自己。余生就这么度过——天天为自己的悲惨人生以泪洗面——也未尝不可，不会有人指望她再为任何事负责。

"伯尼？"她隐约听到楼梯下奶奶的声音，"让她自己待会儿，好吗？下楼来，我去弄点儿面包吃。"

她听到伯尼拖着步子，是留是走，拿不定主意。但她不想告诉他该怎么做，她不再操心了。

"我下楼去了，安琪儿，听见没？一旦你不哭了，你也下来，好吗？听见没？"

她甚至懒得点头。伯尼犹豫了一会儿，终于离开房间，只留下一句："哭是解决不了任何问题的，你也知道。"

换作平时，她肯定会笑出来，可是这回哭得实在是太舒服了。接着，她听到伯尼又回来走向自己的床铺，然后感到他抬起她的胳膊，把大熊塞到了底下。她搂紧大熊，把脸埋在它软绵绵的蓝色肚子里，像小婴儿一样蜷起身子，恨不得将五脏六腑都哭出来。"等你可以控制自己了，就下楼来，跟我和奶奶吃早饭，好吗？"临走前他又说。

安琪儿终于不哭了。她的身体软弱无力，就像刚甩干的衣服。楼下传来奶奶单调低沉和伯尼短促刺耳的声音。她抱紧大熊，把大拇指塞进嘴里，呼呼大睡。

★　★　★

安琪儿一觉醒来，眼睛肿得厉害，口干舌燥。她不知道现在几点，甚至忘了自己在哪儿。她缓缓坐起来。大熊掉到了地上。她捡起来，下意识拍了拍。地板上全是灰，回头必须拿一个拖把上来，必须的，难怪伯尼过敏又犯了。

她站起来，开始琢磨到底发生了什么。一定有大事，她记得。大白天睡觉实在反常，让她的脑子昏昏沉沉的。在她的记忆里，好久没在白天睡过觉了。好饿，她的肚子都快贴到后背了。可是不知道为啥，下楼的想法又让她畏惧，为什么呢？她突然想起来，自己干了傻事——像个疯子一样惊声尖叫、号啕大哭——自己还觉得挺舒服，这好像有点儿丢人。以前的那个安琪儿·摩根会觉得没脸见人吧，可是现在她不会了。相反，就像弗娜说的，她也想把一切丢在身后，"好好盘算自己的余生",管它是什么意思。

她出现在门口的时候,一老一小坐在餐桌边,抬眼瞅她,像两只可怜巴巴的小狗,不知道下一秒会被脚踢还是会被爱抚。

"你又在吃'甜心粒粒'吗,伯尼?要我说,总有一天,你会因为糖分摄入过多而倒下。"

"所以呢?"伯尼好斗地抬着下巴说,眼神却如释重负。

"所以我们必须让你多吃点儿肉类和蔬菜,是不是,奶奶?"

"这个星期我就可以拿到社保支票,"奶奶顺从地说,"能不能等到那时候再去购物?"

"只好如此。"安琪儿一本正经地说。他俩都指望她负责,似乎命定如此,她要担起所有责任。对此,她也在内心深处认同了,难道不是吗?绝对不再像个小婴儿那样,躺在床上号啕大哭、吮大拇指了。

她暗自叹息。自从呱呱坠地的伯尼被塞到她的胳膊里,她的余生似乎就已注定如此。"照顾好你的小弟弟,安琪儿。"弗娜说。安琪儿当时不明白啥意思,现在懂了。添了一个小弟弟的激动稍纵即逝，责任却从此相伴，犹如太阳之于太阳系，她生活的其余部分都要绕着这个中心旋转。否则，就会分崩离析。

她看着正眼巴巴地盯着她的两张脸，那是期待她告诉他们一切都会好起来的表情。现在，她有一个棘手、麻烦的小孩和一个老小孩需要照顾。她挺起腰板。"我还是先吃点儿早饭吧。"她说。

"嗯，"奶奶说，"说是午饭比较准确。"

★　★　★

就在她睡觉那会儿，下了一星期的雨终于停了，天空蓝得就像杂志上的照片。她首先要做的就是把湿衣服晾到户外。奶奶的洗手间里有一台老式洗衣机，可是没有烘干机，昨天她就不得不把她和伯尼的湿衣服晾在屋里。她取出洗手间的大编织篮，把暂时晾在浴缸边缘和厨房椅背上的湿衣服收起来。

"走吧，伯尼，"她说，"我们要出门了。"

"我不想出去，"伯尼说，"外头没啥好玩的。"

"我得晾衣服。另外,正在长大的小孩要多呼吸新鲜空气。"

"那我还是不长大了。"他说。

"那就太糟糕了。无论如何我们都要出去的。"她一只手抱住编织篮,一只手拖着他出门。

"想不想帮我晾衣服?"

"不想。"

安琪儿从晾衣绳一端的袋子里取出晾衣夹,开始别湿衣服。

"那辆车又不见了。"伯尼说。

她瞥了一眼拖车。那个神秘的观星人是不是住那儿?他是不是跟普通人一样,也要每天开车上下班,所以车子时而出现时而消失?她用最后一个晾衣夹夹住伯尼的一条内裤。突然,她一言不发,穿过院子走向破败的拖车。从奶奶家看过去,似乎没有人会住在这样的地方,可是如果观星人真的存在,而不是她在做梦,有可能他就住在拖车里,不是吗?

穿过杂草丛生的野地,翻过破烂的篱笆墙,偷偷摸向拖车,还真有点儿冒险的感觉。拖车底部垫着煤渣块，貌似有点儿不稳当，仿佛一阵微风就能把拖车刮跑。通向车门的是摇摇晃晃的木台阶。

"你上哪儿，安琪儿？"伯尼在后面追着跑。

"嘘，只是瞅一眼，看看是不是有人住。"

"最好别看！没准儿是那个拿枪的家伙。如果被他瞅见你鬼鬼祟祟地偷看，没准儿他会开枪。"

安琪儿没理睬，虽然心里也有点儿七上八下，害怕被人抓个现行。所有人都知道，偷窥和侵入违法。

门上的小窗脏兮兮的，她用袖子匆匆擦了擦，把脸凑近玻璃。拖车内部光线暗淡，隐约可以瞅见有一张深色长沙发、一个小油炉、一个洗碗槽和书，是好多好多书。没瞅见人，不过肯定是观星人的家，不然谁会有这么多书？没错，远处的角落还放着那架长长的望远镜，支在三脚架上。她屏住呼吸，下了木台阶。伯尼在很远的地方站着，一副随时准备撒腿就跑的架势。

"放轻松，伯尼，车里没人。"

"我不怕。"他说。

"才怪。我就说，"她更像是对自己而不是对伯尼说，"不是做梦。"

"什么不是做梦?"

"没啥。"她不想告诉伯尼关于观星人的事儿。不想谈论他,更不想跟奶奶打听他。他是她的大秘密,只属于她一个人。

★ ★ ★

当晚她醒着躺在床上,透过屋檐下的小窗望着外头。等到天全黑了,屋里除了伯尼呼哧呼哧的呼吸声便再无声息的时候,她溜下床,套上牛仔裤,手里拎着运动鞋,偷偷下楼,出了房门。她在门廊坐着套上运动鞋,向篱笆墙的一处豁口摸去。

衬着夜空,能看到观星人的身形。他猫着腰,和望远镜凑得那么近,以至于人镜难分。此刻,他的望远镜对着天上的什么奇观呢?黑色天鹅绒般的星空犹如钻石闪烁。星光从数百万、数千万英里之遥的世界而来,穿过黑色虚空,历经沧海桑田,方在这个夏末之夜,抵达她的眼睛。

星星认识她吗?对存在于那些炽热闪耀、旋转不停的世界的事物来说，她是不是渺小如微尘，或几近虚无？我在呢！她在心里呐喊。我是安琪儿·摩根。

他似乎没发现她在，她也不敢大声嚷嚷。他太像梦中的人物了，即便他的拖车很真实。你不会叫醒梦中的人，只会等着听他们说话。他终于开口了，眼睛依旧不离开目镜。"你知道吗，在那里，总有新奇观在某处等着你发现。"

"不懂。"安琪儿低声说。

他直起身子，把右手上点着的烟放进嘴里。"有一阵子，"他深深吸了一口烟，然后缓缓吐出来，"有一阵子，我也想成为一个发现新星的人。有人干过，你知道吗，是跟我差不多的人。就在几年前，埃塞克斯章克申有个家伙发现了一颗新星。他找了十四年，整整十四年，在每个晴朗的夜空。"他的嘴离开烟，开始咳嗽，咳嗽声沙哑沉闷。她想告诉他别抽烟了，对身体不好，但又不敢说。

"你多大了，安琪儿？"

"明年四月份就十二岁了。"

"所以十四年对你来说太漫长了。"

143

"没错。"

"仙女座的光要两百万年才能飞到地球。"

"你说过。"她说。

"所以十四年也不算久,是不是?"

"没错。"

他又狠狠抽了一口烟。"可是我只找了八年就不找了。知道为什么吗?"

"不知道。"她说。

"因为有一天晚上我突然意识到,我一直在寻找,却忘了观看。"他把香烟搁在望远镜三条腿之间的小台子上,又凑近目镜看起来,"听起来是不是有点儿疯疯癫癫?"

"倒没有。"要是在白天也许是,可是在这迷人的宇宙之夜不会。

"瞧,"他引着她靠近望远镜,"跟辇道增七打个招呼,就在天鹅嘴巴那里。过去人们看不见,实际上是有两颗星。"

两颗星犹如天体皇冠上的宝石,分别闪着黄光和蓝光。她正想问天鹅的事儿,因为她没瞅见天上有什么天鹅——只有宝石。可是不等她问，他便自顾自地说了下去。

"很久以前，"他说，"像你我这样的人类仰望天空时，会相互交换他们关于天空的故事，这些故事有助于他们绘制天体图。"他一只手搭着她的肩膀，另一只手指引她将目光从目镜转向天空，"那一组六颗星，就被称为天鹅座。"

她似懂非懂地点头，虽然天上的那个大十字架压根儿不像天鹅。

"辇道增七是鸟喙，尾巴上那颗亮星是天津四，几乎排成一行组成天鹅胸脯和翅膀的三颗星分别是天津一、天津九和螣蛇四。"

她忍不住咯咯笑起来，但马上用手掩住了嘴巴，因为不想让他误以为她在嘲笑他。

他的表情依旧严肃。"天津一的英文Sadr源自阿拉伯语'胸脯'的意思，也就是中间那一颗。天津九和螣蛇四组成了翅膀。对，我不是在打喷嚏，我在说阿拉伯语。没想到吧，佛蒙特州破败农村的小乡巴佬居然会说阿拉伯语？"她知道这会儿他肯定在笑，虽然天太黑看不清他的脸。

"我有点儿好奇。"她说。他的玩笑话终于让她鼓起勇气发问。

"啥？"

"你会不会觉得，有时候人类编述这些星星的故事是为了驱散恐惧？我是说，宇宙这么大，而你在仰望天空的时候却容易觉得自己渺小，简直……简直跟不存在一样？"

他拿起烟，吸了一口。"有可能。"他说完又开始咳嗽。

"也许不关我的事，"安琪儿还是忍不住说了，"可是抽烟对你的身体不好。真的。"

"嗯，你这么晚不睡觉，听一个老头唠叨，对你的身体也不好。我马上就把烟掐了，你也回去睡觉，好不好？多的是晴天，我们后会有期。"

她不愿离开，但还是走了，脑子里全是天上的天鹅。回头她打算查找并记住那些星星的名字，这肯定会让他大吃一惊。辇道增七，她记得牢牢的。怎么可能忘记这对双星？还有天津四，她也记得。另外三颗还需要练习，它们听起来真像在打喷嚏。

没准儿村里有图书馆。回头问问奶奶，得告诉她除了五大类食物，小朋友还要多读书。有了图书馆，她和伯尼就可以走过去看书。没准儿还有比那本发霉的百科全书更易懂的天文类图书。伯尼对书不太感兴趣，他们老是跟他提学校，导致他对学校极端厌恶，于是一年级时他故意考不及格。他不笨，就是太倔了。不过，一定有办法让他跟着去图书馆。只要做姐姐的可以确保他吃得好、多读书，估计福利局就不会把他们姐弟强行分开了吧。

她在厨房门口停下脚步，多瞅了一眼星空。还是找不到天鹅，仿佛它已经飞走了，迷失在群星中。

11 图书馆的丽莎小姐

安琪儿和伯尼第二天早上下楼时,发现餐桌上有一个棕色的杂货袋。

"哪儿来的?"安琪儿问。恍惚之间,她还以为弗娜昨晚回来了。

"我开门看天气的时候,它就在门口,"奶奶说,"应该是圣诞老人又来送礼了。"

"奶奶,夏天哪有圣诞老人?"伯尼说。

"哦,那可能是牙仙子吧。我咋知道?"

"奶奶不可以对小朋友撒谎。"伯尼说。

"好啦,你别吱声,伯尼。奶奶逗你玩呢。"谁送的安琪儿并不关心,她只想赶紧打开。牛奶,一加仑——好极了;一塑料袋的葡萄和香蕉——好极了;还有一盒伯尼讨厌的麦片,所以不可能是弗娜留下的,她了解伯尼的喜恶;一罐火腿,虽然不如汉堡包好吃,但好歹也是五大类食物之一;还有一条三明治白面包片。不管是谁,牙仙子也好,圣诞老人也罢,似乎都恶补过营养学知识。当然,仍然有"提升空间",就像哈林福德老师经常在成绩单上写的,尤其是白面包和没有蔬菜这两项,但确实已经"很有进步"了。

"哦,我的神,"奶奶说,"早饭我想来点儿火腿。为啥不赶紧打开热一下呢,安琪儿?"

"我不喜欢火腿。"伯尼说。

"嗯,谁问你啦,小小孩?"

"我给奶奶和自己热一些,你就吃麦片吧。"

"我不喜欢那种麦片,难吃死了。"

"嗯,我们只有这些了。'甜心粒粒'都被你吃光啦。"

"可以再买。"

"奶奶还没拿到支票呢。所以，你要哪个？火腿还是麦片？"安琪儿走向洗碗槽。火腿必须用附在罐盖上的一把钥匙打开，她瞅见弗娜开过一次，有一回，教会发的圣诞篮子里也有一个火腿罐头。为了打开那个罐头，她意外地听到弗娜骂了难听的话。安琪儿掰下钥匙，撬开罐盖的金属片，接下来，把钥匙套进金属片，像上发条那样旋转，罐盖的金属片就会被扯开，诀窍在于直直地旋转。"奶奶，你以前开过这种罐头吗？"

"开过。"

"你愿意再开一次吗？"

"想都别想，上回我的手就被划破了。"

在安琪儿跟奶奶说话的当口，伯尼正上蹿下跳，纠缠不休。"你根本没听我说话，安琪儿！"他抱怨着。

"我忙着开罐头呢，伯尼。别吵我。"

"我快饿死了，你啥都不给我吃。啥都没有，没有，没有！"

"闭嘴，伯尼。东西多得是，你就是太挑食了，这是你的问题。真要饿死了，老鼠、野草、树根你都会吃，所谓饥不择食。"

伯尼开始哀号："我不想吃老鼠！"

"嗯，那就别号，乖乖吃你的麦片。"

他重重坐在椅子上。她也不开罐头了，给他拿了一个碗，装满他厌恶的麦片，撒上一层糖，再倒入牛奶。"要不要来一根香蕉？我们今天有香蕉。"

她知道他想吃香蕉，可是他的嘴巴抿成一条线，直摇头。

"好吧，你还有一次机会。"她递给他一个勺子，又回去开罐头。

"香蕉呢？你说我可以吃一根香蕉。"

钥匙在她手里断了，烦人的金属片只扯开不到一半。"该死，伯尼，都是你害的！"从部分打开的罐口里溅出来的肉汁沾在她的手上，黏糊糊的，"想吃香蕉自己去拿。"

"你说脏话。"伯尼小声嘀咕，从椅子上站起来，自己走过去拿了一根香蕉。

现在咋办？如果强行用手把金属条与钥匙分开，手一定会被割得伤痕累累。而且，方圆几英里可能没有一个医生。

"最底下的抽屉里有把钳子,你可以试试,"奶奶说,"很麻烦,但小心一点儿还是可行的。"

她在水龙头下洗手。伯尼拿到了香蕉,奶奶提了一个轻巧的建议,成不成两说。"真得谢谢你们。"她说。但他俩对此都不置可否。

果然很麻烦,但她还是把金属条解开,拿掉断裂的钥匙,然后用钳子夹住金属条,尽可能缓慢、小心地旋转,直到剩下的金属条全部被扯掉。其间没人说话,他们似乎都屏住了呼吸。"开了!"她兴奋得直嚷嚷,"大功告成。"

奶奶乐得直拍手,伯尼的目光也离开了香蕉。像猴子一样,他每吃一口麦片就要配一口香蕉。"有啥大不了?"他若无其事地说,但脸上的笑容还是抑制不住。

安琪儿从罐头里取出黏糊糊的红肉。切片之前,她还得洗手。

连吃了两大块火腿,奶奶才顾得上说:"没有比煎火腿更美味的早餐了。"她的嘴里塞满了火腿,但安琪儿并不想提醒她注意就餐礼仪。不算之前在路上吃的那个汉堡,火腿是她来这儿之后吃过的最好吃的食物。

"你会做肉汁吗?"奶奶问。

"不会。"实际上,安琪儿唯一一次吃肉汁还是在肯德基。

"我觉得你应该学学怎么做肉汁,我和伯尼都会喜欢的。"

"你有烹饪书吗?"

"啊,从书上是学不会烹饪的,姑娘。多做多练就会了。"

安琪儿忍不住叹气。那你倒是做啊,她很想脱口而出,但她耐住性子,又吞了一口火腿。"我才十一岁,奶奶。没人从头开始教我怎么做饭,我只会用纸箱做一些小玩意儿,没准儿你可以给我们做一些肉汁。"

"啊,真的太久没做饭,我都忘光了。"

"或许,"安琪儿慢条斯理地说,"或许图书馆有烹饪书。这儿不是有一个图书馆吗,是不是?"

"有一个,挨着杂货店的小屋就是图书馆。说不定还在,如果那个老好人丽莎·欧文还活着的话。"她咬了一大口火腿,嚼得咯咯响,仿佛那就是被人鄙视的丽莎小姐,"自打小学开始,我就没去过。我可不是你们

155

说的爱书者。"

"我,也是。"伯尼适时插嘴。他的嘴里塞满了香蕉,安琪儿几乎听不明白。

"为啥我和伯尼不溜达过去,看一眼呢?我知道你不赞成从书上学烹饪,可是我也没有别的渠道;如果你和伯尼想吃到营养均衡的饮食,我只有从别处求助。"

★ ★ ★

伯尼一路上哼哼唧唧,但安琪儿半哄半强迫地,终于把他拖到两英里外的村中心。这回她记得带上了打车钱,但没告诉他。与其事先承诺临了毁约,不如给他一个惊喜。

杂货店和教堂之间的绿地上,有一座小屋。但它与别的建筑离得远远的,几乎与墓地在一条线上,所以上回他们造访杂货店的时候,她几乎没瞅见。"快点儿,伯尼,我们得看看它开没开。"

"我想去杂货店。"

"如果你乖乖的,没准儿我们之后可以去。"

"现在就去。"

她没搭腔，径直走向小屋。屋门上方喷着黑色的大写字母：伊丽莎白·弗莱彻·欧文纪念图书馆。标牌几乎跟房子一样大。窗户上放着一块硬纸板，板子上手写了图书馆的开放时间：周一、周三和周五，中午12：00到下午3：00。今天正好是周一，她肯定，可是她没有手表，不知道是否已到正午。她试了试门把手，可以动，门开了。运气实在好。

进门时一个小铃叮当响起来。有人在屋后头小声打招呼，声音有点儿怪。"随便看，我马上出来。"像《韩塞尔和格雷特》里的女巫！安琪儿心里咯噔一下。

她对着气呼呼的伯尼勉强挤出一个笑容。"瞧，多好客！"伯尼耸耸肩。安琪儿在门口站了一会儿，打量起书架。比伯灵顿的学校图书馆小多了，可是这么比较没有意义。好歹是个图书馆，有书。"要来一本卡车的书吗，伯尼？没准儿真有。"天花板上挂着一个牌子，上头写着：童书。她走了过去。

"不要，我讨厌卡车的书。"

"才怪，你也知道自己喜欢。"

"就讨厌,你压根儿不知道我喜欢啥不喜欢啥。"

后墙过道的帘子后冒出一个驼背怪人,他们的拌嘴也就戛然而止。"嗨。"那人打了个招呼,因为背驼,她必须侧着脸才能瞅见他们。伯尼吓得缩到安琪儿身边。她搂住他的肩膀,示意他别说话。

"从未见过你们,"驼背女人说,"你们是来度假的吗?"

安琪儿摇摇头。"我们看奶奶来了,摩根女士,就在前面不远。"

"我的天,我得有一百年没瞅见爱玛·摩根了,她还好吗?"

一百年当然是调侃。"可好了。"安琪儿说。

"她居然一百多岁了。"伯尼惊得瞪大眼睛。

"不是,不是。"驼背女人咯咯笑,"我的意思是,好久好久没见过她了。还是小女生的时候,我就认识她。"她又咯咯笑,"那时候,多么久远了,还是跟我同名的奶奶在打理这个图书馆呢。"她的手在围裙上擦了擦。真想知道她早上怎么穿上的衣服?安琪儿不禁浮想联翩:驼背的小个子女人先把衣服从头上拉到后背，再一个个扣上扣子……"言归正传，今天有什么可以效劳的？"她可能问了不止一遍，因为安琪儿一直盯着她不说话。

安琪儿脸上火烧火燎。"我——奶奶觉得这段时间我们也许可以开火做饭，可是没有烹饪书，我啥也不会做。"她赔着笑脸，"所以请问你们有烹饪书吗，小朋友可以看懂的。"

"我瞅瞅。"驼背女人边说边拖着脚步走向右手边的书架。她走路的样子实在奇特，有点儿"脚未至，头先至"。

"她咋啦？"伯尼的声音虽然不大，但也不小，驼背女人肯定听到了，但她装作没听见的样子。

"别说蠢话了，伯尼，哪怕就这一次。"安琪儿对他耳语。

驼背女人转身面向他们。"可以搭把手吗，哦，对不起，还不知道你们的名字——"

"安琪儿，安琪儿·摩根。这是伯尼。"

"很高兴认识你们，安琪儿，伯尼。"她朝着他们的方向滑稽地摇头，"大家都叫我丽莎小姐。现在，安琪儿，如果可以的话……"安琪儿赶紧迎上去，伯尼还在离门口几步之遥的地方站着。挨近图书馆馆员畸形的身体时，安琪儿瞬间觉得自己像个巨人。当然，这仅仅是就外在的意义而言。在内心里，她很想伸出手，摸摸这个矮小怪异的老妪满是皱纹的脸颊。被所有人盯着，在背后指指点点、嘀嘀咕咕，安琪儿明白这种滋味，可是这并没有让驼背老妪不舒服，也没有让她像蜗牛一样缩在壳里。

"我有几把书钳，当然你也可以伸伸手——"图书馆馆员朝最高处的架子挥了挥变形的胳膊，"——看看是否有你想要的书。"她的头扭来扭去，"我还有一个高脚凳。"

安琪儿放好高脚凳，爬上去浏览书架。上面至少有六七本烹饪书，她一个个书名仔细看过去。《烹饪一点通》，貌似可以。她抽出书，书页泛黄了，必定是馆员的奶奶当年购入的。没有图片，字也很小。她放了回去，继续一本一本地翻阅。她感受到伯尼的恐惧似乎已经在整个房间弥散开来。"对不起，有点儿慢……我得——"

"不着急,不着急,"丽莎小姐说,"随你怎么看。那个,伯尼,你也想看看书吗?"

安琪儿等着伯尼说"不",可是并没有。没准儿是他被吓得不敢动弹了。"去吧,伯尼,"她的目光离开烹饪书,"给自己找本书看。我还得有一会儿。"

"要不我给你读个故事?"老妪问,"你喜欢什么样的故事?"

伯尼没说话。"他喜欢卡车。"安琪儿大声说。

"谁说的?!"伯尼终于开口了,"最蠢、最笨的就是卡车。最蠢、最笨,最蠢、最笨,最蠢、最笨!"

"我知道你喜欢啥故事了,伯尼·摩根。"图书馆馆员说。

丽莎小姐的声音响了起来:"有一天,斯坦利·傻瓜有了一个主意。这可不寻常。'把所有傻瓜都叫过来!'斯坦利大喊大叫。"

"为啥他们都是傻瓜?"伯尼问。

"因为他们就叫傻瓜,"丽莎小姐说,"斯坦利·傻瓜先生,他的妻子傻瓜女士,他的孩子傻瓜小子、傻瓜小姐,还有他们的狗——你猜他们的狗叫啥,伯尼?"

"肯定也叫傻瓜!"

"错,他们叫它傻狗。"

"傻狗!"伯尼笑得合不拢嘴。

安琪儿抽出一本看起来最新的烹饪书,此刻她也迫切地想听傻瓜一家的糗事:比如从楼梯扶手往上而不是往下滑;比如因为担心弄湿衣服,洗澡不用水;傻瓜夫人戴"猫"不戴帽;傻瓜先生给耳朵穿上袜子。伯尼看到插图,扯着嗓子笑个不停。听到傻瓜一家就着咸咸的奶油糖浆吃土豆泥圣代冰激凌那一段时,他简直要在地上打滚了。

"我猜,"丽莎小姐说,"你很喜欢傻瓜一家。我们还有很多哈利·阿拉德和詹姆斯·马歇尔的书,也许你也会喜欢。"她从儿童椅上站起来,又给伯尼拿了一本,然后扭着脸问安琪儿:"你还喜欢啥书,安琪儿?除了你的烹饪书?"

"有——嗯——有关于星星的书吗?"安琪儿问。

丽莎小姐笑了,一点儿也没有女巫的样子。"哈,"她似乎在自言自语,"我想我们有一个共同的

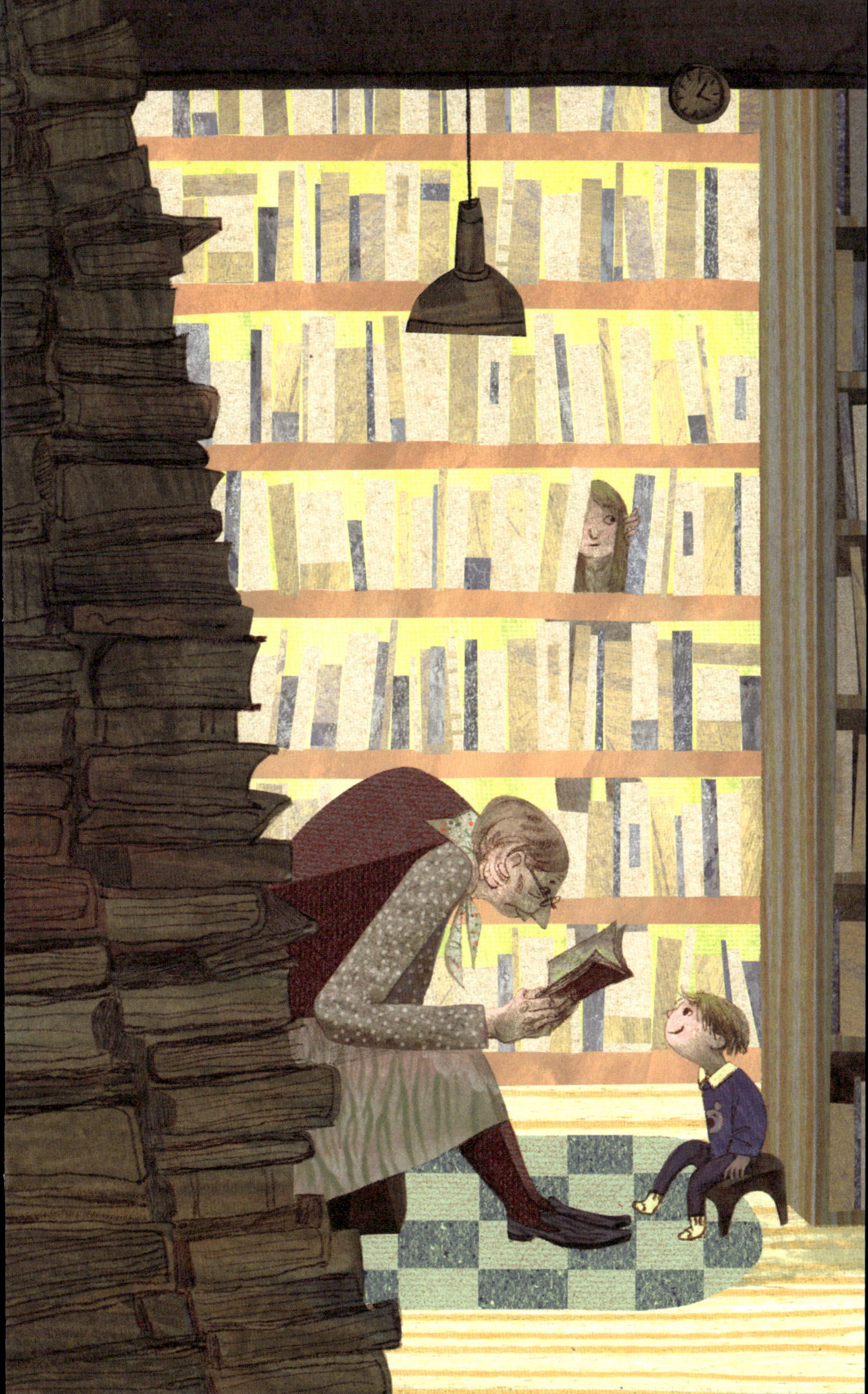

朋友。"

这么说，图书馆馆员也认识观星人。也没什么好惊讶的，因为他俩都是如此特别。安琪儿很想跟图书馆馆员打听观星人的事儿，但还是忍住了。毕竟，对一个只在繁星满天之夜才出现，而且关于自己只字不提的男人，有啥可问的？

丽莎小姐从附近的书架抽出一本小小的平装书。安琪儿瞅见了书名：《认识星星》。太好了，正是她想要的——认识星星。图书馆馆员坐到桌边，在借书卡上打上他们的名字和"摩根农场路"。"你们可以借阅两周。"她说。

"我们得两周之后才能再来吗？"伯尼叫了起来。

"不是，不是，你们随时可以来。"她把书递给伯尼。伯尼把书紧紧抱在胸前，好像生怕她改变主意不借了。"别在意那个开放时间，我几乎都在。如果门锁了，用力敲门即可。虽然门几乎不锁。"

离开图书馆后，看伯尼那么开心，安琪儿便忘了要请他吃东西的事儿。可是伯尼没忘。"我想吃冰棒。"他在杂货店门前说。

"我也想。"安琪儿说。

走在回家的路上时,他俩一边用胳膊夹着借来的书,一边舔着巧克力软糖冰棒,安琪儿甚至懒得告诉伯尼,他的冰棒滴到胸口的衬衫上了。

"土豆泥圣代!"伯尼突然大叫。

"就着咸咸的奶油糖浆!"安琪儿接茬儿说。他们咯咯咯笑个不停,差点儿没瘫在马路上。

"奶奶!奶奶!"伯尼抢在安琪儿之前冲进屋,"我借了一本傻瓜的书,书里的所有人都是傻瓜。"

"哦?"奶奶卧在摇椅上说,"我们这里最需要的就是傻瓜,越多越好。这么说来,"她对安琪儿说,"她还活着?"

"谁?"

"丽莎·欧文,还有谁?"

"她一百岁了!"伯尼说,"身体扭曲变形,后背好像要断了。"

"嗯,"奶奶露出一点儿笑意,"是不是比我还要难看?"

"可是我一点儿都不害怕,"伯尼接着说,"她人可好了。"

奶奶嘴角的笑意立刻消失了。"所以你现在喜欢她多过喜欢我，哈？既然如此，你们干吗不搬到她家里住？现在就走，我才不在意。"

伯尼受到重击。"我不是说我想跟她一起住，我只是说我喜欢傻瓜一家。"

"那你最好跟我待着。我唯一能比得上那个聪明的小丽莎·欧文的，就是我的傻。"

安琪儿想说点儿啥，可是说啥呢？别这么小瞧自己，奶奶，你最聪明了！哦，真的，奶奶，我和伯尼觉得你最好。她愣着不知道说点儿什么、干点儿什么的时候，伯尼凑过去，搂着奶奶瘦削的肩膀说："别担心，奶奶，我和安琪儿最喜欢你，永远喜欢。永远，永远，永远。"他焦急的小脸蹭着奶奶满是皱纹的老脸，"好不好？"

"嗯。"奶奶回答。

尖锐的铃声刺破宁静，吓得安琪儿跳了起来。第二遍、第三遍，电话，电话在响。她冲过去抓起话筒。"你好？"

"这是韦恩·摩根打过来的对方付费电话,你愿意接听吗?"

"愿意,愿意,当然。"安琪儿说。哪怕把剩下的打车钱都给奶奶,她也必须跟爸爸说话,非说不可。

12 认识星星

"爸爸？嗨，是我，安琪儿。"她尽量压低声音，不想惹得奶奶不高兴。

"啥事，宝贝儿？"韦恩的声音有点儿憔悴，跟伯尼害怕的时候很像，"收到你的信息后，我给你打过好几个电话，可是电话那头的人就是不愿意付费接听。"

"我不想让你担心的，爸爸。我和伯尼都挺好的，只是我们不住伯灵顿了。"安琪儿偷偷瞥了一眼奶奶。伯尼正给她看'傻瓜一家'的插图，拼命想逗她发笑。安琪儿用手捂住话筒，"我们住在你奶奶家。"

"哪儿？奶奶家？真是的，弗娜呢？"

"所以我才给你打电话，爸爸。记得我们去看你的那一天吗？之后她就带我们来了这儿。然后她就跑了，一直没回来。"

"真是的，她上哪儿了？你给公寓打过电话吗？"

"那个号码停用了。"

她听到他在小声咒骂。"她——把两个小孩扔给那个老巫婆，然后自个儿跑了？"

"我猜她不是故意的——"

这时奶奶抬头问："谁打来的电话？"

"爸爸。"奶奶的脸上又浮现出那个"想都别想"的表情，安琪儿赶紧说，"我来付费，我保证。"

奶奶嘀嘀咕咕不知说了什么，但没有让她挂电话，于是安琪儿继续通话。"我还以为你知道我和伯尼搬家的消息。"

"完全不懂她是怎么想的。我跟她说，可能会有一个好机会，我可以加入监狱外的一个工程队，她却跑了。我不会原谅她的！"

"别，别，爸爸。别怪弗娜，她的压力太大了。"

安琪儿想绕到墙角去，可是电话线太短，只好继续困在门口。

"她的压力太大?!应该让她进来蹲几年，才会知道什么是压力大。这个坏女人！"

"所以你也不知道她去哪儿了，对不对？"

"我也想知道，宝贝儿，我也想知道。等着瞧，我很快就会起诉她，这是'儿童照管疏忽罪'。"

"哦，爸爸，别这样。别跟任何人说她跑了，否则他们就会派福利局的人过来，把我们带走。"

"那个，你们跟那个老巫婆处得来吗？很多年前，我还是小孩的时候，差点儿被她逼疯。千万别说这么多年来她没有一点儿改善。要是福利局的人真来了，你和伯尼最好还是跟他们走。"

"不，我们不走。"为什么她执意要给韦恩打电话呢？"不，我们不走。难道你不明白吗，爸爸，他们会把我们姐弟分开，到时候谁来照顾伯尼？"

"我敢说，弗娜的脑子一定是进水了——把我的儿子和我的女儿丢给这个世界上我最痛恨的女人。我已经尽量不惹麻烦了，可是奶奶还是把我和我们一家逐出了她臭烘烘的拖车。没准儿就是她指使警察逮捕我的，那个老巫婆，举报我父亲、驱逐我母亲的就是她。我不管，我一定要给福利局打电话。"

"爸爸，爸爸！千万别，求你了。我们很好，真的，而且，我可以照顾伯尼。他现在可乖了，好吗？别担心我们，好吗？"连珠炮似的低语让她嗓子干哑，"好不好？照顾好自己。我和伯尼一定会好好的，我保证。就这样，再见。"她挂上电话时已经口干舌燥，吓得冷汗直流。活该，谁让她用光打车钱，千方百计打这么一通愚蠢的长途电话。

安琪儿一回头，发现奶奶正全神贯注地盯着她。"所以呢？"奶奶问。

"他也不知道弗娜在哪儿。"奶奶哼了一声："还用说，弗娜最不想让那个浑蛋知道她的下落。"

安琪儿发出一声叹息，瘫坐在厨房的椅子上。"我只不过希望——"

"换作我，安琪儿，我是不会把所有鸡蛋放在一个篮子里的。那两口子生来就是漏水的筛子。"奶奶的心情好了起来，似乎别人的失败或不幸都会让她愉悦，

"现在，"她说，"该吃午饭了，你能不能给我们做一些美味的火腿三明治？"

"我讨厌火腿。"伯尼说。可是安琪儿做好之后，他乖乖地吃掉了，一点儿没吱声。

★　★　★

那天晚上是阴天，没法儿出门找观星人。她等到伯尼入睡，才带着借来的书进入对面的房间。也不用找弗娜了。安琪儿拉开头上的灯，还是一个挂在天花板上的裸灯泡，灯光实在昏暗，准会弄瞎眼睛，可是有什么关系呢。她平躺在床上，打开破损的《认识星星》。"很少有人，"书里开门见山，"可以辨认星星，可是认识它们其实并不难……"

第一句话就让安琪儿心有戚戚。原来不会辨认星星的人不止她一个。这本书的作者H.A.雷认为不会可以学，不像那个撰写百科全书条目的家伙，认为非得什么都知道方可什么都明白。作者继续写道："五千年前的普通牧羊人都可以熟悉星空、认识星星和星座——他们甚至不会读写——你有什么不可以？"

一股前所未有的暖流在她身上流淌，或许这就是别人说的"一见倾心"。她喜欢这个作者，喜欢这本书。他理解她，而不是嘲笑她。他想帮助她，作者还亲手画了很多手绘图，他爱星空，而且打算倾囊相授。通过H.A.雷和观星人，她将日益深入这个浩瀚、神秘的领域，相比之下，弗娜·摩根在或不在显得无关紧要。难道不是吗？

★　★　★

烹饪书却选错了，因为当安琪儿对照着肉汁的做法一步步往下做的时候，发现行不通。食谱对食材的要求太高，都是她没有的，比如牛排酱、一种特别的面粉。奶奶家仅剩的面粉里还有很多粉虱爬来爬去，哪怕安琪儿已经费尽九牛二虎之力，剔除所有粉虱，让这面粉派上了用场，做出来的肉汁不仅无味，而且还会结块。没准儿丽莎小姐会做，可是如果她去图书馆请教，势必要归还《认识星星》这本书，而她为了弄懂星座，又离不开它的详细说明和虚线图。

她想指出大熊座以及像马鞍一样跨在它背上的北斗七星，让观星人大吃一惊。可是每当她凝望真实的星空，少了图片上那些把星星连成星座的虚线，她甚至找不到北斗七星以及"勺子"对着的北极星。北极星可是整片星空最重要的一颗星，而她还曾经把金星误当作北极星。

"别担心，"观星人说过，"万事开头难。"

如果没有H.A.雷和观星人，她可能就放弃了。他们都笃定安琪儿可以学会分辨星空，可是H.A.雷的入门书她需要借不止两周，这也是笃定无疑的。另外，星空一直在变，秋天来了，一切又都不一样了。天黑得早，这对观星有好处，但也提醒着她要未雨绸缪——尤其是上学的事儿。她和伯尼固然可以不去上学。可一旦如此，福利局势必会发现，到时候，他们就别指望继续跟奶奶和观星人一起住下去了。

哪天开学，安琪儿完全不清楚，可是八月过去了一半多，估计快了。她得问问丽莎小姐，就这么办。等那张令人望眼欲穿的支票寄到了，她得进村一趟。

奶奶每天都会支使安琪儿检查信箱。"从来没有这么晚过。"她说。支票终于到了，奶奶在背面颤巍巍签了字。现在他们可以去杂货店大肆采购了，五大类食物都要，而不是仅仅靠圣诞老人搁在门口的东西度日。

"以前你是怎么处理的？"安琪儿问奶奶。

"'以前'是什么意思？"

"我是说，在我和伯尼来之前，谁帮你兑现支票，购买食品和杂货？"

"圣诞老人啊。"

嘴巴真紧，没准儿也是观星人干的。安琪儿如今越发觉得，隔三岔五在门口放一袋吃的，以及在房子旁边帮他们劈柴堆柴的圣诞老人，就是观星人无疑。她好奇的是，他怎么知道他们需要帮助。没准儿他也是奶奶的圣诞老人。一个仅在夜间出没的神秘人物，这实在难以置信。安琪儿不想用世俗的眼光审视他，哪怕她已经知道他住在破旧的拖车里，每天开一辆老爷车上下班。她不想跟嘲笑他是圣诞老人的奶奶打听他。不过，也许可以问问他上学的事儿，但还是算了。这么世俗普通的事儿，就不劳烦他了。

★　★　★

二度与图书馆馆员见面,她莫名有点儿紧张。虽然只逾期一天,而且丽莎小姐看起来是个好人,但她毕竟是图书馆馆员,最讲究按时归还。

"我还不想还书。"伯尼说。

"必须还,逾期了。"

"我不管。不还,不还,就是不还。"

安琪儿没辙。要不是可怜他,她早就吼他了。"丽莎小姐会借给你别的书,她说过的。"

"我就喜欢这些。"

安琪儿只好帮他穿上鞋子,从他手里夺过书,拽着他出门。他一路都在抱怨,安琪儿置之不理,在脑海里整理她要请教丽莎小姐的问题清单。虽然逾期了,能不能续借《认识星星》?能不能给她推荐一本更好的烹饪书,没有那么多花里胡哨的食材的?学校什么时候开学?学校在哪儿?她统筹规划起来:先去图书馆,跟丽莎小姐理清楚,再去杂货店。好大一张支票——364美元。不能买太多东西,因为她和伯尼拿不了太多,但身上带这么多钱,她还是有点儿害怕。所以才需要大人干这些事儿,每次一想到这个,她就生气。

图书馆没锁门,似乎丽莎小姐在等着他们大驾光临。一推门,铃儿就叮当响。"请进!"丽莎小姐的破嗓门在招呼,"随便看看,马上就来。"

伯尼立刻奔向绘本区。他记得丽莎小姐给他拿"傻瓜一家"的地方。没等丽莎小姐从后面出来,伯尼身边已经撒满了书,他开开心心坐在地上读起来。

丽莎小姐蹒跚而入,歪着脑袋左右打量的样子,让安琪儿觉得她更像螃蟹而不是女巫。"稀客稀客!"她大声说,"原来是安琪儿和伯尼!"

"我还要'傻瓜一家'的书!"伯尼说。他跳起来迎向她,揪住她鸡爪般的手,走向绘本区。

"看来你已经找着了,"她说,笑得眼睛皱成一团,"你呢,安琪儿小姐?今天需要啥?"

"我在想——我知道《认识星星》这本书逾期了,可是,我还能续借吗?"

"你爱看多久就看多久,"丽莎小姐说,"如果有人来借,我再通知你,如何?"

"太好了,夫人。"她们对视而笑,安琪儿突然意识到,别人借这本书的可能性微乎其微。

"烹饪书呢?有用吗?"

"有个问题,里面用到的食材我们都没有。"

"所以,你想找一些更便利、不是那么花里胡哨的书?"

安琪儿点头称是。

"嗯,我想想。"她走向童书区而不是烹饪区,拿了一本螺旋装订的书出来,"4H俱乐部[①]的书,针对的就是你这样的目标读者。"她把书递给安琪儿,"上次我就应该想到。"

"谢谢。还有一件事儿,似乎——似乎我们要在奶奶家住得更久一些,比我们预期的更久。妈妈说既来之则安之,我们应该去上学。"她瞅了一眼伯尼,担心他有意见,可是他正高高兴兴地翻着"傻瓜一家","她让我先问问,这里的学校啥时候开学。"

[①] 4H俱乐部的名称出自英文 head、heart、hands、health 四个词的首字母,该组织以"让年轻人在青春时期尽可能地发展潜力"为使命。——译注

"哦，这个简单。从今天算起，还有一周吧，劳动节[1]的后一天。"

"这个妈妈应该知道，还有，我和伯尼很好奇学校在哪儿。我是说，能不能走路过去，还是要搭车？"

"恐怕几年前他们就关了村里的学校，告诉你妈妈——"说到"妈妈"两个字，她紧盯着安琪儿看了一眼，好像有所怀疑，但又不好意思戳穿，"——她应该知道学校目前在切斯特维尔吧。"丽莎小姐侧着走到桌边，打开抽屉，抽出一本薄薄的电话黄页，"我把学校的电话号码写给你，他们会告诉你在哪儿坐校车这样的事情。"

"太感谢了。我们要走啦，伯尼。"伯尼趴在地上，想把他之前从书架上取下来的书一本一本捡起来，可是他一起身，书就从胳肢窝里掉下来，"最多拿两本，还有杂货呢。"伯尼本想争辩，但只是叹了叹气。一本一本挑过去，他相中的还是之前借过的那两本。她本想建议他借本别的，可是被丽莎小姐的目光打断了。

"我觉得你喜欢的不是书。"安琪儿说。

---

[1] 此处指美国劳动节，在九月的第一个星期一。——译注

"没错,"他说,"我喜欢的是傻瓜一家。"

丽莎小姐在借书卡上盖好戳,把书递给他们。随后她危险地弯下腰去,让安琪儿一度觉得她会摔倒,从最底下的抽屉里拿了一个东西出来。原来是一个几乎全新的帆布背包。"不知道谁两三年前落下的,"她说,从桌上推给安琪儿,"拿着吧,方便一点儿。"

真的是背包!要是她跟别人一样也有个背包,在学校里就不会那么让人不顺眼了,"我真的可以拿走吗,你确定?"

"确定,"丽莎小姐说,"要是你还有问题,关于上学或别的,尽管给我打电话。好吗,安琪儿?"

"谢谢您,我——我会把您的好意告诉妈妈的。"这个小镇没人知道妈妈失踪了,哪怕丽莎小姐这样的好人也不知道。有时候,心肠越好的人越给小孩添麻烦。

接下来干什么,安琪儿仔细盘算了一番。先把奶奶的支票兑了,给自己和伯尼各买一根冰棒。"等我们吃完冰棒了,"她对售货员说,"再来取这些东西。"

"随你便。"那个女人说。

他们坐在杂货店的台阶上吃冰棒。"伯尼,不要一边吃冰棒一边看书。瞧你滴得到处都是。"安琪儿提醒伯尼。

伯尼回了一句:"你就是坏。"可安琪儿知道他不是真心的。

安琪儿伸展双腿,脚上穿着脏兮兮的运动鞋,没穿袜子。阳光照在脚踝上,暖暖的。嗡嗡嗡,一只苍蝇绕着滴在台阶上的冰棒水飞来飞去,已经是这个夏末早上最嘈杂的声响。她心满意足地舔着。"好极了,是不是,伯尼?"

"我想吃葡萄。"他冷不丁说。

"下回早点儿说,伯尼。我问过你了,你明明白白说想吃橙子。鬼心眼瞬息万变,我怎么读得懂。"

"我懂就行。"他开心地说。

一切都会好的。没错,他们的爸爸妈妈活像被宠坏的婴儿,他们的太奶奶比他们更需要一个妈妈照顾,而跟浩瀚的宇宙相比,他们甚至连微尘都不是,但是无论如何,总会撑过去的。坐在台阶上,嘴里舔着樱桃冰棒,背上有个包,包里有好多书等着读,还有一个装着五大类食物的杂货袋等着取,安琪儿知道,一定可以

183

撑过去。今天，她没啥可担心的；明天，她也没啥好紧张的。尤其是嘴里有一根冰冰凉、甜蜜蜜的樱桃冰棒的时候。

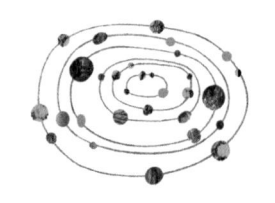

13 上学

她拖着没给学校打电话,甚至想请奶奶代劳。"想都别想,"奶奶说,"我不跟当局打交道。"安琪儿练习压低嗓门,学大人说话,比如:"我是弗娜·摩根,我打算让我的孩子在你们学校登记入学。"或是:"对不起,请问摩根农场路的校车停靠站在哪儿?"可是她老觉得还是很像小孩子在学舌,于是索性断了模仿弗娜说话的念头,决定直接打电话过去。可是学校的电话总占线,一直占线。就在勇气差不多耗尽,她觉得实在上不了就不上了的关头,在铃声的一阵长鸣之后,电话突然接通了:"切斯特维尔综合小学。"

"哦——"

"请问,有事吗?"

"我想知道校车停靠站在哪儿。"

她听到电话那头传来一声叹息。"亲爱的,校车停靠站哪儿都有,你得告诉我你的地址。"

"哦——摩根农场路。"

"稍等,我查一下地图。"安琪儿觉得好像过了"永远的一半"那么久,"那条路上没有停靠站,因为没有小孩登记上学。"

"现在有了,我和我弟弟。我们刚搬过来……我妈妈这会儿没空,不能听电话,否则——"

"没关系,没关系。你们住哪儿?"

"哦,我妈妈、我弟弟和我跟奶奶一块儿住,确切地说应该是太奶奶。目前如此。"

对方的声音变得不耐烦起来,好像有人叮嘱过她要对差生有耐心,而她又不情愿的样子。"亲爱的,我不认识你的太奶奶,你得告诉我她的名字和住址。"

"摩根太太,爱玛·摩根太太。路名也是摩根,我不记得多少号——"

"稍等一下,好吗?"安琪儿听到她在跟人商量,"好的,看来我们要多加一个停靠站了,以后校车将停在你们的信箱边。好了,小学校车的问题解决了,对吗?"

"难道不止一辆校车?"

电话那头的人又在叹气:"亲爱的,我们有五趟不同的校车。幼儿园的车,是上午和下午都有。小学那辆,接送一年级到五年级。初中那辆,如果你不懂的话,是六年级到八年级。还有高中。不过我猜最后一趟应该跟你没关系。"

安琪儿方寸大乱,她从未想过她和伯尼会搭乘不同的校车。不在一起的话,伯尼咋办?

"所以,你需要什么样的校车?"

"我不知道——我是说——"

"亲爱的,我们很忙。可以让你妈妈稍后再致电吗?我可以跟她解释清楚。"

安琪儿赶紧挂了电话。

奶奶在摇椅上盯着她。"瞅见没?他们对你就像对青蛙池塘里的浮沫。我敢打赌，他们甚至没告诉你那鬼东西什么时候经过这里。"

"奶奶，有两辆不同的校车。"

"两辆？"

"对，我和伯尼的校车不一样。"

"他们真不嫌给你添麻烦，对吗？"

"这可咋办？"她自言自语，并非在求助。

"要我说，上什么学，我在你们这个年纪的时候——"

"要是我们不去上学，福利局一定会追着我和伯尼不放。"

"他们咋知道你们在我这儿？"

"我刚才跟学校的人说了，奶奶。"

她不幸地摇摇头。"我还以为你很聪明呢。"

"你知道图书馆的电话吗？"

奶奶突然怒了。"那个丽莎·欧文跟这事儿有什么关系？"

"是这样的，我得找一个大人给学校打电话，商量校车怎么安排。他们不想跟小孩商量，除非……"她走过去，蹲在摇椅边，"你愿意打电话。"

"你这是在忽悠我吧？"

"没有的事儿，奶奶。"

奶奶爬了起来。"真是的，告诉我电话号码。"

又是不停的忙音，好不容易才接通那个不耐烦的秘书，跟奶奶说上话。不好办，伯尼的校车比安琪儿的晚45分钟。没有安琪儿护送，他绝对不会上学的。再说，她也不能让他独自站在路边等车，谁知道会发生啥事。

"哦，奶奶，这可怎么办？"

奶奶也是直叹气，走回摇椅，一屁股坐下来。最后，她不耐烦地说："没辙，只好我送。"

"你送？"

老太太拉起裙子，抬起两条腿看。"虽然不中用，但没断。我估计你马上要说'那就麻烦你第一天全程护送了'。"

"哦，奶奶，可以吗？那就太好了！"安琪儿顿时觉得肩上的重负骤减，好像水从沥水架上哗哗流下来。奶奶愿意帮忙，愿意，真的愿意！她不用事事为自己和伯尼操心了，奶奶愿意帮忙。她很想亲奶奶一口，可是又害羞。谁知道奶奶被亲了会有什么反应。

★　★　★

在新学校熬过第一天比探监还难，不过跟探监一样，安琪儿已有足够历练。这是她六年来的第八所学校。弗娜从来不能在一个地方久待，除了跟随弗娜不停搬家，她还被寄养过两次。难怪她老是记起哈林福德夫人说的话，因为她当过安琪儿整整一年的老师，其他人不是几个星期就是几个月。

在学校办公室，他们给了安琪儿各种文件，让她带回家给妈妈签。她打算让奶奶签——或干脆自己上。过去她就干过这事儿，他们从未起疑。

她不想用奶奶的支票钱买午饭，就给自己带了一个花生酱三明治，吃起来就像沥青粘住了口腔上壁。要是有牛奶或果汁就好了，让她每吃几口就跑去饮水机喝水，她会觉得尴尬。

换到不同的教室上不同的课让人感到混乱，可是大家都一样，都是初一学生。虽然有些孩子装作熟门熟路，可是从他们寻找教室时的漂移目光，从他们尖厉的嗓门，从他们的哧哧傻笑，可知大多数人跟安琪儿一样紧张。

食堂里没人跟她说话，似乎大家都有老同学可以做伴。她发现有个女孩老盯着她，可是她一回望，女孩的眼神就躲闪开，开始跟身边的人搭讪。

我不想交什么朋友，她告诉自己，朋友爱打听。我不想跟他们说弗娜的事儿，要怎么开口？或者韦恩的事儿，一想到韦恩在伯灵顿无人探访，无人关心他死活，她的心情就很沉重。谁都不应该如此生活，是不是？不论他们做过啥，大家都需要被人嘘寒问暖。就算奶奶，一副事不关己的样子，可是今天，她不也送伯尼去上学了？哦，老天爷，但愿一切顺利，伯尼会乖。如果可以，老天爷，也别让奶奶出什么乱子。

"你刚搬过来的，对不对？"几分钟前老盯着她看的那个女孩走到她的桌子边。她身上的牛仔裤是新的，亮红色的高领衬衣紧裹着上身，棕色的鬈发勾勒出脸庞。安琪儿心里一痛，意识到这是一个有人疼、有人爱的女孩，开学第一天就有人给她买新衣裳，带她上美发店。她撩开眼前的乱发。

"我叫梅根·阿姆斯特朗,"女孩说,"你呢?"

"跟你有啥关系?"安琪儿脱口而出。

"没啥,没啥,"梅根转身离开,"只是问一声而已。"她回去跟朋友汇报时,她们都迅速瞟了安琪儿一眼,又继续窃窃私语,掩口傻笑。

她不在意,真的不在意,只要把悲惨的开学日熬过去即可。第一天最难受,大概一个星期左右,她就可以找到跟她差不多的"边缘人",不想谈论家里的事儿、只想找个伴儿一起安安静静吃午饭的同道中人。这通常需要时间慢慢发现,但她可以等,而且屡试不爽。在之前的一所学校,她瞒了三个月,同学们才知道她爸爸在坐牢,算是创了一个纪录。因为通常几个星期大家就会发现她的"底细",至于是什么时候被发现的很好判断,就是她的"餐友"突然不在惯常的餐桌上出现的时候。在她待的上一所学校,有个名叫尚蒂伊·桑德斯的女孩,爸爸也在坐牢。但她俩都绝口不提此事,只是在一起吃午饭,直到学校里开始风传。这么一想,如果不是刚上一年级的伯尼惹出那么多事儿,去年在哈林福德夫人的班级真是她最舒服的一个学年。

可是，就像他们说的，此一时彼一时。她很想知道，如果她跳上食堂餐桌，振臂高呼"嗨，你们这些输不起的家伙。我爸爸是在坐牢，怎么着吧"，会是怎样一个场景。梅根·阿姆斯特朗和她的漂亮朋友们会怎么想？她们肯定很好奇，不然不会派梅根过来打探，一旦知道了她的真实情况，她们会怎么对她呢？青蛙池塘里的浮沫。做一位来自摩根农场路的摩根，远不是她起初想象的那么了不起。可是，她不在意，她只盼着伯尼安然度过开学日。只要伯尼没事，她怎么样都可以。

之后，除了老师，没有别人跟她说过话。每到一个新班级，她都会找到教室最后一排位于角落的课桌，缩着不动，盯着别人的后脑勺看，而且不会被人关注。开学之前在教师办公室，他们给了她一份课程表。当然，哪个老师那里都没有她的记录，所以她不得不在每一门课上报出姓名和住址——语文、科学、社会学、数学、体操（不，她没有别的运动鞋，也没有带短裤和额外的T恤过来），还有一门课，前九周是所谓的图书馆技能，后面就变成艺术或音乐课。本来她有点儿失望——

她宁愿是艺术课——可是科茨夫人，就是那个图书馆馆员，似乎人很好，几乎跟丽莎小姐一样好，而且图书馆有两倍大。

对了，前一所学校没给她成绩单，不过她知道学校的名字，他们可能会打电话过去，索要她的健康和学习档案。健康档案！她忘记伯尼也需要这些东西。本该让奶奶打电话去要的，不过奶奶不知道伯尼前一所学校的名字，伯尼可能也不愿意说。他简直是在臭名昭著的情况下离开北伯灵顿小学的。哦，天哪，他会乖吗？其实小学就挨着初中，但却仿佛有光年之遥。白天她都瞅不见他，听不到他的抱怨，也不能提醒他乖乖的。

现在顾不上担心伯尼，她自己得先撑过去。之前她在家里翻箱倒柜，找到了一支铅笔和几张纸，下午得去一趟杂货店，买一个合适的笔记本和一沓横格纸。其他小孩的笔记本都有印着电影场面的封皮，他们还有小计算器和圆珠笔，另外备了好几支削尖的、自带粉红色橡皮擦的新铅笔，橡皮擦是从未用过，也没被嚼过的。可是安琪儿并不羡慕，因为她知道自己买不起。

除了在食堂与梅根的简短照面，她成功地未在开学日引起任何注意。哪怕在校车上,也没人跟她坐一起,连司机也懒得问她在哪儿下车。

房子里空空荡荡。怎么可能?她本以为自己一进屋,奶奶已经在摇椅上摇来摇去了,还准备向她报告呢。"奶奶?奶奶!"走进厨房,听到自己的声音在空荡荡的厨房里回荡,有点儿吓人。她轻敲奶奶的卧室门,没准儿她在打盹儿,可是没人回答。她拧开门把手,往里窥视,奶奶不在。可这并不意味着房间是空的,相反,房间里堆满了纸板盒和一摞摞报刊——比那个炼糖的小棚屋还乱。乱得瞅不见床铺和衣橱,简直是火灾的隐患。如果福利局的人来了,瞅一眼这个房间,就会把她和伯尼带走。她迅速关上门,以防奶奶突然冒出来,被抓个现行。

她瞅了一眼厨房的钟,两点五十五分。伯尼的校车三点四十五分到,差不多还有一小时,她不知道该如何打发这段时间。她不是没想过,一个人好好享受一段短暂的宁静时光,看看书、打个盹儿,可是她只会在厨房的地毯上走来走去,不停地在钟前挥手,妄图用意念让它走得更快。难道奶奶也消失了,跟弗娜一样?难道她讨厌、烦透了安琪儿和伯尼，离家出走了？可是她能去哪儿？不该让她背上要照顾伯尼的心理负担，没错，这可能就是压垮她的最后一根稻草。可是我也没办法，必须有人在校车停靠站看着他，而且这是她自己主动要求的，又不是我强迫她的。她自己说愿意的。

熬到三点半，实在受不了，她跑到信箱边，在马路上踱来踱去、探头探脑，眼巴巴等着黄色校车来。天哪，一会儿要怎么跟伯尼说奶奶不见了？

拖车那头传来校车换挡、爬上山坡的动静。终于，轰隆隆的校车映入眼帘，蹦蹦跳跳地从土路中间开过来。伴随着刺耳的刹车声以及闪烁的车灯，校车停靠在信箱边。

车门嗖的一声打开。"好了，孩子们，下车喽，我可没那么多时间。"

孩子们？司机什么意思，孩子们？

她马上明白了。伯尼先从台阶上蹦下来，然后是紧紧抓住扶手，像慢动作一样下车的奶奶。她刚落地，司机就把门关上了。

"奶奶？"

197

"嗯，总不能让我叫出租车吧，你说呢？"

"她整天都待在教室里，"伯尼蹦个不停，"学校里只有我一个孩子有奶奶在教室里陪着！"

"没事儿吧，奶奶？"安琪儿有点儿担心。老太太皱巴巴的脸显然不如伯尼开心。

"哈，姜未必是老的辣！"老太太大声说，"先进屋，给我们弄点儿吃的。学校食堂的猪食，你吃得下吗？难吃死了。"

伯尼咯咯笑。"我和奶奶把午饭倒进垃圾桶了！"

"不可以，伯尼。"算了，只要他开心就好。事情不会太糟的。

她给奶奶热了一杯咖啡、一片烤面包片，又给伯尼做了一个花生酱和果酱三明治，递了一杯牛奶。冰冰凉的牛奶很诱人，她忍不住给自己也倒了一杯，一口气喝光，心里又因为没有把牛奶都留给伯尼而愧疚。

"你需要买什么文具吗，伯尼？我得跑一趟杂货店，给自己买点儿。"

伯尼瞅着奶奶。难道他指望奶奶帮他记着明天该带什么东西去学校吗？"不必了，"奶奶说，"教室里的东西多得他们都不知道怎么处理呢，别把我们的社保支票一口气花光了，是不是，伯尼小子？"

"就是。"他们都咯咯笑。

安琪儿清了清嗓子："对不起，奶奶，我还得借你的钱用。弗娜将来会还给你的。"老太太哼了一声，表示怀疑，可是安琪儿有啥办法？剩下的打车钱已经用来付了电话费，她需要买文具。"你想跟我去杂货店吗，伯尼？"

"不想，太累了。我和奶奶都需要休息，对不对，奶奶？"

她反倒松了一口气，真的。少一个拖油瓶，她可以速去速回，而且不用多花钱给他买零食。可是走在路上时，她又忍不住失落，把尘土踢来踢去。在此之前，伯尼总是很依赖她，除她之外，不愿意跟别人待在一起。她突然很想哭。

14

天
龙
座

如果不是因为星星,她可能早就放弃了。上学就像战争电影里的跑雷区,她不得不持续圆谎:妈妈在家,可是因为后背剧痛,被医生勒令卧床休息,所以不能接电话,也不能参加家长会。她像躲避毒药一样,不跟其他小孩接触。这个不难,没人会死皮赖脸地非要跟她结交。

她尽量不被如下事实触到痛处:伯尼和奶奶亲密无间,她反倒成了严苛的父母,逼着他们多吃青菜、多读书——主要是伯尼,奶奶读不读不强求。关键是她总帮倒忙，每回安琪儿想帮伯尼，她就咯咯笑，干一些傻事，惹得伯尼也跟着犯傻。

所以，如果没有星空，没准儿她真的撑不下去。她会用力掐自己，好让自己别睡过去，不管多累，等伯尼和奶奶入睡后，她都要溜到旧牧场。观星人总是比她先到，沉溺其间。她安安静静地等着，不敢打扰他，直到他突然开口说话。

"那就是老家伙天龙座，鬼鬼祟祟地用尾巴把大熊座和小熊座分开。想不想看？"随后他把望远镜调到安琪儿的高度。可是不管她怎么眯着眼睛，就是看不到他说的星座，这时他就会对着天空指指画画，让她裸眼张望。"先找到北斗七星勺嘴处的天枢星，然后再找北极星。"她照做了。"你瞧，天龙的尾巴尖就在天枢星和北极星之间，然后它蜿蜒曲折，拐了一个大弯——"他用指尖在空中比画了一下，"——最后也形成一个勺子的形状。那儿就是龙头，瞅见龙嘴处的那颗亮星和边上的那颗了吗？古时候它们被称作龙眼。龙头上还有一对漂亮的双星，不过得通过望远镜才能瞅见。"接着，他又以难以置信的耐心，帮助安琪儿在龙头上找到了那对漂亮的淡黄色星星。

当然，安琪儿不能一下子都记住。她回到床上，在黑暗里躺着，只觉得天旋地转，累得不想再查阅书本，但又兴奋得睡不着。那些星星发出来的光，需要多少个年头，才能到她眼里，这远远超乎她的想象，这是她见过的最壮观、最神奇的东西。当星星的光射向地球的时候，她——安琪儿·摩根，还不在世上，甚至要过好多个年头才会出生。她忍不住浑身颤抖。对于星星来说，她还不如池塘里的浮沫，不如微尘，不如……都不如。还有比虚无更小的东西吗，她想不出来。

★ ★ ★

开学第三周，只在第一天入校时跟她搭过话的梅根·阿姆斯特朗缓缓走来，安琪儿正一个人坐在食堂最远的角落吃她的花生酱和果酱三明治。"是不是真的？"她鄙夷地说。

满脑子都是星星的安琪儿愣了好几秒，才反应过来，梅根正在跟她说话。"啥？"

"你父亲韦恩·摩根几年前抢劫了巴尔那儿的商店,是不是真的?"

"你在胡说什么?"安琪儿倒不是在装傻,她真的不知道韦恩的"事迹"。没人告诉过她。

梅根笑容扭曲,口气轻蔑。"就是问问,"她说,"几年前报纸上有过报道,那个家伙进了监狱……陈年往事了。"她仔细端详安琪儿的脸,安琪儿尽量装作面无表情。终于,梅根转身走了。安琪儿看着她走到老位子,跟其他人回报。

消息不胫而走。总有一些人的妈妈、爸爸、爷爷、奶奶记性特别好,佛蒙特又是小州。摩根家算是小有名气,名气是好是坏倒另当别论。只用了三个星期,学校里的女生就开始嘀咕、嘲笑、冷落她。她决定横眉冷对,千万不能让她们觉得这样就可以羞辱她。她们有几个知道参宿七距离地球有多少光年?她们甚至不懂啥是光年,也不会知道,即便是宇宙最边缘的星星,在数十、数百亿年之前也早已存在。她们比她强不到哪儿去,连池塘里的浮沫、微尘和虚无都不如。

不过,她还是不希望她们这么快就发现。之前,她在她们眼里无足轻重，现在依然无足轻重，但刺眼如白日。说到这，她们肯定不会知道，太阳是距离地球约9300万英里、离我们最近的恒星，而且是一个若是靠得太近就会被它烧毁的灼热火球。她默默地在心里把梅根一伙人装上宇宙飞船，径直向太阳发射。

那天她好不容易才撑过去，对凡是行经之处必有人噤若寒蝉、侧目而视的事实视而不见。以前不是没有发生过，如今她早该习惯了，不是吗？她应该是太累了。可是没辙，她不能既要睡觉又要观星，而且若是没有夜晚的星空，白昼对她来说就是不可忍受的。

终于熬到下午下课铃响。她缩成一团，躲在校车一角，强迫自己对其他孩子不看也不听，可是对于他们的议论和打量，她终究不能完全无动于衷。

校车一到站，她便一跃而下，跑上了车道，午饭以来一直噎在喉咙的哭泣爆发在即。不哭，不能哭，不值得。

奶奶在厨房的摇椅上摇着。安琪儿很想躲过她，跑上楼，扑倒在床，可是被奶奶的表情拦住了。

"怎么啦，奶奶？"

"不知道,没啥事吧。"

"啥意思?"

"如果知道,我刚才就告诉你了,是不是?我说了不知道。"

安琪儿心头一紧,她感受到奶奶的恐惧。肯定有事,只是她还不知道。恐惧犹如山间浓雾般笼罩着屋子。

"伯尼呢?"她脱口而出。

"在学校吧,"奶奶顿了一下,"我觉得。"

安琪儿全神贯注地想象着。她想要看见伯尼站得笔直,正跟老师说再见,然后出了校舍上了校车。可是在内心深处她知道,真实的伯尼绝对不会随大流,所以这肯定只是被她的想象力控制的"机器人伯尼",只会做正确的事情,高高兴兴、平平安安地回家。

"我还是出去等吧。"还有45分钟校车才会到,可是她必须以全部心力全程盯着校车,确保它从校门安然抵达奶奶的信箱旁。

奶奶闭眼靠在摇椅上,好像有什么让她痛苦不堪的事。没错,坏事了。也许奶奶只是病恹恹的,毕竟是老太太了,老人家不都这样吗,对不对?很多身体零部件都不能正常运转了。

"好不好,奶奶?"她小声问,"我去信箱那里等伯尼回来,好吗?"

奶奶懒得睁眼,但点了点头。

以光年计,这点儿时间压根儿不算啥,可是似乎过了许久,她才听到换挡的声音,瞅见黄色校车从山脊处驶来。她屏住呼吸等待,如果这时候有医生在她胸口放个听诊器,估计也听不到任何心跳。校车轰降隆从她身边驶过,压根儿不想减速,更别说停车了。

"伯尼!"她在校车后头大喊大叫,甚至追了几步远,"伯尼!"难以置信,她眼瞅着校车蹦蹦跳跳,轰隆隆地驶出视野,然后一个拐弯,上了柏油路。

她转身跑回屋。

奶奶坐起来,瞪大眼睛。"伯尼呢?"

安琪儿笨手笨脚地查找电话本。为什么不把学校的电话号码记下来?老是这样。千万得记住了,以防万一。她急得不能呼吸,学校电话一直占线,怎么总是这样?她啪的一声挂上电话。哦,老天爷,又忘记号码了。哗啦啦一顿找，再拨，终于，传来了秘书不耐烦的声音："切斯特维尔综合小学。"

"伯尼在吗？"她来不及细想，张口就问。

"对不起，您是想跟谁说话？"

安琪儿做了一个深呼吸，强自镇定下来："我是弗娜·摩根女士。我儿子，伯尼，刚才没下校车——"

"请稍等，我查一下。"

"她说啥？她说啥？"奶奶惊得站起来，瞪大眼睛摇着头。

"嘘，她在核对。"

"噗。"奶奶的嘴唇发出滑稽的声音。

"您是哪位？"秘书质问。安琪儿不敢接茬儿。

"我之所以这么问，是因为根据签退记录，弗娜·摩根女士中午12点13分已经把伯尼·摩根接走了，事由是'与伯灵顿的医生有预约'。"

15

北极星

奶奶仿佛被人打了一巴掌，砰的一声摔在摇椅上。"医生预约，乖乖。"

弗娜到底想干吗？"诱拐！她诱拐了自己的孩子！"安琪儿急得踱来踱去，哪怕撞倒了一把椅子，也懒得扶起来，"她诱拐了伯尼！而且还不想让我知道。她甚至懒得回来取他的衣服！我会把大熊送他的，一定会。"泪水夺眶而出，模糊了她的视线，屁股又撞到桌沿。她不怕痛，这反倒让她更有理由肆无忌惮地号啕大哭。可是她没有说出来——而且不敢大声说出来——的话是：为什么只是伯尼？为什么她只接走伯尼，丢下我一个？难道她不爱我？哦，妈妈，我也需要你啊。

"坐下来，安琪儿，别搞得不可收拾。"

安琪儿突然不好意思起来，弯腰扶起椅子。"对不起。"

"我说的不是椅子，我说的是你。过来。"

她走到摇椅边。奶奶伸出瘦巴巴的小胳膊说："过来，坐我腿上，宝贝。"

虽然个头几乎比奶奶大，她还是顺从地坐到了奶奶骨瘦如柴的大腿上。奶奶的胳膊像柴火棍，硌着她的肩膀，可是没关系，就这样吧。坐在别人的大腿上，被人抱着晃来晃去，她都不记得自己是否有过这样的亲密时刻。

"那个弗娜，就是个一等一的臭婆娘。"

"不是，"安琪儿觉得必须维护妈妈，"并不是。她——她可能钱不够，不能照顾两个小孩，伯尼还是小宝宝，他比我更需要她。"

奶奶哼了一声，安琪儿透过肋骨都可以感受到颤动。"对那个小男孩来说，你比弗娜更像是妈妈。"弗娜好像也说过这话,也许连她也忘了,真正在照顾伯尼的到底是谁。

没准儿她变了。从今往后,她会记得让伯尼吃五大类食物,大冷天戴好帽子才能出门,还有——安琪儿又忍不住啜泣。

"好了,好了,"奶奶拍拍她,"我也不想让你心烦意乱,没准儿明天她就送他回来了。那个棘手的小兔崽子,不是谁都可以带的。"

安琪儿站了起来。她急需纸巾,虽然她会留恋奶奶的大腿,以及舒服得像暖炉一般的搂抱。她走到洗手间,扯了一些卫生纸擤鼻涕,不敢窥视镜中的自己,肯定是一团糟。"奶奶,"她在门口叫唤,"我们泡茶好不好?"

"好啊,这才是敬老之道。"

喝过茶,虽然天还没黑,安琪儿还是做了两个人的晚饭。她俩不大说话,尽量不看伯尼原本坐的位子,奶奶吃西兰花时甚至也不再抱怨。安琪儿忍不住想说啥,可是脑子里还在组织句子的时候,就觉得泪水上涌,索性不言语了。她洗好盘子,搁在槽边沥干。

"我想上楼做作业,然后就睡了。"她说。

奶奶在摇椅上点点头,似乎刚才那一番安慰把她累坏了。

安琪儿就着裸灯泡趴在床上,打开《认识星星》。这一页她读了又读,几乎可以背诵了。

  北极星(Polaris,重音落在 lar 上)是天空中唯一不会改变位置的星星,或者说,至少用肉眼难以发现。其他星星或星座到处跑的时候,它总是岿然不动……

这就是她所需要的——岿然不动的北极星。总是稳稳当当,让她不用担心迷路。对于伯尼呢?她就是他的北极星,对不对?一切皆可变,但至少他还有她。如今他有了弗娜,比旋转的行星变得还快的弗娜。要是她懂得如何祈祷就好了,她会为伯尼、弗娜甚至韦恩祈祷。

韦恩,她的父亲,绝对不会像弗娜那样,带着伯尼跑了,丢下她一个人。警察把他关进牢里,也不全是他的错。不管他们怎么说,她相信他绝对没干过那些坏事。从小到大，他甚至没打过她。他买大熊给她，叫她安琪儿。管自己的宝贝女儿叫安琪儿（意思是天使）的人，像是那种会变坏和犯罪的人吗？

在她摸黑下楼的时候，在她摘下话筒的时候，在她用手指颤颤巍巍在转盘上拨起那串她自然而然就记住的号码的时候，即便在电话那头有人应答的时候，她内心深处都传来警告：就此罢手。她的声音跟她的身体一样在哆嗦。

"我是安琪儿·摩根，我需要给我的父亲韦恩·摩根留个口信。就说……就说弗娜把伯尼带走了。就这么说。"

她挂上话筒，走到厨房门口张望。空气中有了霜的味道，冷风穿过开始变色的树叶。这是一个没有星星的夜晚。

★ ★ ★

第二天她像个梦游者，在学校里浑浑噩噩的。她本来不想上学，宁愿守在电话边，可是奶奶让她来。"这就像坐在花园里，巴望着苹果掉到头上。你越是守着，电话越不会响。听我的。这种事儿我见多了。"

午餐时间她基本都躲在厕所，没等她从隔间出来，就闯入一群女生。"你问她抢劫的事儿的时候，她怎么说，梅根？"

梅根的回答让她僵住无法动弹。"哦，她装作毫不知情，不明白我在说啥，可是我奶奶跟我爸爸说了，我爸爸又跟我妈妈说了，她就是韦恩·摩根的女儿。我奶奶甚至留了剪报，她喜欢收藏这些。我爸爸跟韦恩·摩根是小学同学，所以她觉得我爸爸可能会感兴趣。"

安琪儿竖起耳朵仔细听。她们以为她在装，可是她真的不知情。相比她，梅根·阿姆斯特朗知道更多爸爸的事情，这让她觉得自己像个傻瓜。

"他开枪了吗？"

"他自己说没有，可是有个店员中枪了，对不对？反正戴面罩的家伙中有一个开枪了，而其他两个人都说是韦恩·摩根干的，所以二对一。那种家伙就该一辈子蹲监狱。"

不是他干的。安琪儿直冒冷汗。韦恩不会伤人的。

可是她咋知道？她对爸爸几乎一无所知。那时候她只有五岁，在那之前，她只记得家里总是鸡飞狗跳。不过，肯定也有开心的时候。没错，比如他给她买大熊的时候，她还记得那时候自己有多开心。不屑一顾的弗娜好像说了一句"蓝色的熊？真稀罕"，但安琪儿就是喜欢，一开始就喜欢。爸爸就送过她这么一个礼物，虽然弗娜时不时会递给她一个东西，说"这是你爸爸和我送的"。但是从几年前开始她就不这么说了。说实话也没几个礼物，都是他们从教会的圣诞老人那里拿到的，所以不作数。

那群小女生还在嘀嘀咕咕，但说的是韦恩还是别人，听不清楚。她只希望她们赶紧走，她好出来。门背后刻着坏话和小图，她饶有兴味地看着。学校会用油漆把它们抹掉，可是总有人刻得更深，所以透过油漆还是可以瞅见。她巴不得自己有一个什么尖尖的东西，可以在门背后刻一些梅根·阿姆斯特朗的坏话，很多年都不会被抹去的坏话。

"嘘，梅根！厕所里有人。"

"谁？"梅根问，"嘿，甭管谁，别躲着偷听。"

安琪儿不敢动弹，可是心里直冒火。她们进来之前她就在了，对不对？

"不敢出来吗？"梅根那帮人里有个人说，好像是希瑟还是谁。

她们咯咯笑。"希瑟！"

突然，希瑟的脑袋从门底下露出来。眼睛瞪得浑圆，但露了一下就不见了。"她在里面！"她激动得直嚷嚷。

"我说的一切都是真的。报纸上有。"安琪儿仿佛看见梅根说话时蓬松的鬈发甩来甩去的样子。

"我们还是走吧。"有人说。终于，她听到她们慢悠悠到了走廊上，一边嘀咕一边傻笑。安琪儿简直有点儿开心，有那么几分钟，她心里光顾着憎恶这些女生，忘记了一个事实：伯尼不在了。不在了。

★　★　★

她如释重负，瘫坐在校车座椅上。她这一生中最糟糕的一天终于过去了，很快就到家了。把奶奶的家视作自己的家，似乎有点儿奇怪，不过确实如此。只是这个家现在有了一个比月球的陨石坑还大的洞，洞里没了伯尼。

"电话没响。"奶奶说。难得她没在摇椅上，而是站在电炉边。"我在烧茶呢，"她说，"你要不要来点儿？"

安琪儿点点头。"晚点儿我想去一趟图书馆。"

奶奶的口气变得生硬。"天黑得越来越早，"她说，"明天周六，不如明天再去，这样你也有时间购物。那些金贵的几大类食物好像有一样要吃光了。"

安琪儿忍不住咯咯笑："你终于开窍了，奶奶，看来我把你训练得很好。"

她们在越来越暗的厨房里喝茶，身体好像打了结，谁也不想瞅电话机一眼。她过去总是维护弗娜，总想看到妈妈好的一面，这回好像很难办到。

★ ★ ★

半夜她被噩梦惊醒。梦境基本不记得了，有人——

应该是伯尼——一直在哭,唯一还算分明的片段是皮卡车渐行渐远,伯尼的小胳膊还伸在副驾驶座的车窗外。"把胳膊收回来,伯尼,"她大声嚷嚷,"要我跟你说多少次?不要把手伸出窗外!"她噌的一下坐起来,嗓子干得冒火,好像她真的是在现实而不是在梦境里大喊大叫。

伯尼的哭声好像依然清晰可闻。那么多次在晚上摸黑下楼梯,她像盲人一样轻车熟路:经过厨房,绕过家具,就到了奶奶的卧室门口。她将脑袋抵着木门,听见门后头,一个心碎的老人正在饮泣。

16 我观看你所造的天

那天夜里下了浓霜。牧场裹了一层银装，远处林子里的糖枫树叶被染成篝火。如果满心担忧和失落的她还有心思欣赏的话，景致其实不赖。早饭时安琪儿提醒奶奶，她打算去一趟图书馆，老人家便开始嘴唇直打哆嗦，抽鼻子，眨眼睛，像在强忍泪水一般。

"可以吗？"安琪儿问。

"你啥时候需要我批准了？"语气有点儿伤人，但安琪儿知道她不是有意的。

"也可以以后再去。"

奶奶挥挥手。"不用，不用，去吧，去吧。"然后她嘴里又在咕哝，安琪儿听不清楚。

"你说啥？"

"没啥。"

显然，奶奶与丽莎·欧文有嫌隙，可是安琪儿不敢问。她自己都麻烦缠身，哪有精力去探究奶奶不愉快的过去。

早上的气温冷得让她穿上了羽绒服。被弗娜偷偷接走的伯尼是不是也穿着羽绒服？她不敢检查他的衣服，看看羽绒服还在不在。八月份收拾行李的时候，她压根儿没想到要带上手套。虽然她总是唠唠叨叨，让伯尼戴帽子，可是她自己从来不戴。今天她倒想有一顶帽子，耳朵冻得难受，虽然只是秋天而已——还有一个多月才到万圣节。

弗娜去年带他们玩"不给糖就捣蛋"的游戏，可好玩了——如果不是伯尼兴奋过头的话。糖吃多了，他就会这样。弗娜对安琪儿的提醒总是一笑置之，而当安琪儿出面干涉，想让伯尼存一些糖果以后再吃的时候，弗娜就说她煞风景。结果，吃了太多糖果的伯尼开始横冲直撞，大喊大叫，跟疯了一样，直到弗娜失去耐性，动手打了他。之后伯尼更是尖叫个不停，什么东西都没法儿让他闭嘴或安静下来。

不要再去想这些事情了，弗娜这会儿应该学乖了吧。她会是一个好妈妈的，伯尼这阵子也越来越乖了。重新跟妈妈在一起，他一定高兴坏了，自然会好好表现，哪怕在新学校也不会惹是生非，用不着见社工。开学日你就应该送他去学校，妈妈。让他好好适应，然后慢慢步入正轨。对于初来乍到的人，良好的开端很关键。就算疯疯癫癫的奶奶也让伯尼有了一个好开端，你不会连奶奶都不如吧，对不对，妈妈？

她不再盯着路面，而是抬头打量起身边的树木。这个世界上还有比秋天的糖枫树更美的事物吗？她深呼吸，空气中有浓霜的味道。就这样吧，不能一整天都想着伯尼。她相信弗娜会翻篇儿，慢慢变成一个好妈妈的。可是她越不去想，心里反倒越想。这跟诱拐、绑架没什么区别，弗娜竟然径直跑到学校，拖着伯尼开车跑了，甚至不想在奶奶家停一下，取走他的东西。我会送他大熊的。他甚至不能跟奶奶、跟我道别。也许她不想让我伤心,所以才这么偷偷摸摸的。她害怕一旦告诉我她只能带走一个,我会哭泣,抱怨她选择了伯尼而不是我。可是我能理解,真的,伯尼还小。我不会哭,反而会说"没问题,我理解",然后她会说,等她站稳脚跟就来接我。难道不是应该如此吗?

不能再想了。她早就经过了第一天他们停下来问路的那座破房子,村子就在前头。控制好自己,她的眼睛红肿,噙满了即将夺眶而出的泪水,她可不想在丽莎小姐面前号啕大哭,更别说在杂货店了。对了,不用再买一盒死贵死贵的"甜心粒粒"了,奶奶的钱必须省着点儿花。

真是的,一想到不用买"甜心粒粒",她的心里就决堤了,于是就停在马路中间抽泣起来。不知道过了多久,她从口袋掏出一张皱巴巴的纸巾,擤鼻涕、擦眼睛,尽可能地收拾干净。哦,对了,家里快没纸巾了,她得多买点儿。就这样,她在脑海里罗列购物清单,希望等她到了图书馆,即使不能说心情好多了,至少也不会像密西西比河泛滥的洪水一样,一发不可收拾。

"咋了,安琪儿,亲爱的,怎么啦?"丽莎小姐一瞅见安琪儿浮肿的脸便问。安琪儿索性和盘托出，弗娜如何偷偷带走了伯尼。很快她们就挨着坐在了绘本区的儿童凳上。丽莎小姐歪着脑袋，用犀利的小眼睛盯着安琪儿的脸，一字一句听她娓娓道来。"我就想知道他现在在哪儿，过得好不好。"安琪儿最后说。

"当然，"丽莎小姐说，递给她一张新纸巾，"我也想。"

"可是又不能给福利局打电话，"安琪儿马上又说，"他们也不知道弗娜和伯尼在哪儿，而且如果他们觉得弗娜的行为不正常，就会盯着她不放，把伯尼带走。"

"你确定？"

"以前有过，"安琪儿擤鼻涕，"弗娜费了好大的劲儿才把我们接回去。"这可不能忘——弗娜为了接他们回去，确实像悍妇一样豁了出去。第一次的时候，伯尼连小宝宝都算不上，最后一次，福利局把他们送到不同的寄养家庭。所谓家庭，哈！更像少年管教所，安琪儿每次一转身必被修理，她都跟社工说了。她还听一个社工说，姐弟俩分开后，伯尼哭了整整两个月。最后福利局没辙，才把姐弟俩还给弗娜，因为如果她和伯尼的状况都不好，对他们来说也是失职。当然，她没有把这些全部都告诉丽莎小姐。

"还有另一件头疼的事儿……"安琪儿字斟句酌，"要是伯尼周一没去上学，他们也许会宽限他几天，可是之后就会打电话问他咋回事，那时候咋办？"

"确实麻烦。"丽莎小姐说。

"奶奶——他们可能不会跟我对话——固然可以撒个谎，说他病了，可是时间长了，他们就会派人上门调查。"她有点儿后悔说让奶奶撒谎，但丽莎小姐对此没说什么。

"你是不是觉得他们也会把你带走？"

"我咋样没关系。"

"也不是。"丽莎小姐说。

"不过我真的需要留下来照顾奶奶。如果没人管，你难以想象她吃的都是啥，而且她成天都在摇椅上，除了送伯尼去校车停靠站，再走回来，她没有任何运动，所以……如果我不在家催促她离开那把椅子……她真的需要我。"

丽莎小姐笑了笑，拍了拍安琪儿的膝盖。她的手扭曲变形，满是褐色斑点，薄如纸片的皮肤下血管突兀，宛如蓝色丝带。

"我有一个主意，不一定管用……"她担心安琪儿期望过高，"我认识一个女人，她掌管全州所有学校的图书馆。我可以问问她伯尼有没有在哪儿注册入学，我会跟她说，他有一本书忘记还了。事实的确如此。"

"他们会追究不还书的小孩吗？"

"也不会。我只是这么说而已——这样就不用撒谎，因为事实确凿——他借的那本书确实不好替换，所以能不能麻烦他们问一下。"

"有用吗？"

"也许。我没有更好的主意了。"她叹口气，又拍拍安琪儿的手。她们就这么静坐着，只听得到两个人的呼吸声，直到树枝被风吹着，砸到窗户上啪嗒响。"你的观星事业如何了？"

"还行吧，我觉得。我从你的书上学了很多，受益匪浅。"

"真是想念。"

"我可以马上还回来。"

"哦,我说的不是书,是星空。"

安琪儿糊涂了。"星空?啥意思?"星空又不是图书馆的书,不会逾期。它一直在那儿。

"我的后背啊,"她说,"让我抬不起头来。"

"哦。"

"不过我记得星星的,你不用为我难过。"

"它们如此巨大,又如此遥远。有时候,"安琪儿说,"一想到星星,我就觉得自己啥也不是。"

"我观看你指手所造的天,并你所陈设的月亮星宿,便说,人算什么,你竟顾念他。"丽莎小姐在引经据典。安琪儿等着她说完,知道她一定会解释一番。"来自《圣经》,"她说,"是《诗篇》第八篇。过去我研究天文学的时候,经常背给自己听。人——当然,作者此处意指大千世界微不足道的芸芸众生——算什么,以至于创造了浩瀚宇宙的上帝竟要眷顾他?"她咯咯笑,"天空的确让人觉得渺小。"

"甚至没有臭虫大,没有最近星球上的微尘大。"安琪儿表示赞同。

"可是《诗篇》里也回答了：'你叫他比天使微小一点，并赐他荣耀尊贵为冠冕……'"

"啥？"安琪儿追问，似乎没听明白。

"比天使微小一点，并赐他荣耀尊贵为冠冕。"

"真有天使？你相信吗？"

"是的，安琪儿，我相信。当人们低头俯视我，而且在这个时代——"她强装笑颜，"——在这个时代，只要是超过五岁的孩童都可以低头俯视我。当人们低头俯视我的时候，我就觉得是上帝在顾念我这个可怜、扭曲的老东西，并赐我荣耀为冠冕。"

安琪儿说不出话来。丽莎小姐的话语饱含痛苦，可怕的痛苦，但还有别的东西。这个别的东西只有在安琪儿仰望星辰的时候方可领会。这会儿是令人难堪的静默。那个词怎么说的？荣耀。

她带着三本书和一颗溢满而不能言的心离开图书馆，又在杂货店买了所有必需品，好奇不论是店员还是三个进进出出的顾客是否注意到她身上发生的变化。她觉得自己与那个一小时前离开奶奶家的小女孩完全不同了。难道他们瞧不见她身上的光芒以及丽莎小姐传递给她的荣耀吗，不论多么微弱？

甚至当店员问起那个她最害怕的问题——"你弟弟呢？"她也可以直视店员友善的圆脸说："今天他跟我妈妈一起。"压根儿不用撒谎。

★ ★ ★

"奶奶，我给你买了一些冰激凌。"

老太太睁开眼睛，身子稍稍离开摇椅。"可能已经变成奶油汤了。"她抱怨了一声，又闭上眼睛。

"不会。她特意给你包好，所以不会融化。你摸摸。"她拿着保温袋到她身边。

奶奶用手指头碰了碰。"嗯。"

"来点儿不？"

"我们还没吃午饭呢。"

"先吃甜点，再吃午饭。"

"啥？闻所未闻！"她故作严肃，"那个张口闭口都是五大类食物、少吃糖的小妞呢？今天去哪儿了？"

安琪儿咯咯笑："我给她放假了。我们可以偶尔放

233

纵一下,我觉得。"

"好啦。"奶奶从摇椅上坐起来,"就让我放纵一下。"

原来是石板街冰激凌①,在奶油巧克力里又加了棉花糖、坚果和黑巧克力碎。

"嗯,"奶奶说,"谁见过还要嚼的冰激凌?对一个老太太来说,真的太难了。"

"要不我替你吃完?"

"想都别想。"

她们嘎嘣嘎嘣嚼着石板街,嘴里啧啧有声。"我不在的时候,没人打电话过来吧?"安琪儿觉得应该没有,但还是问一声为好……

奶奶摇摇头。

"我觉得也是。"伯尼知道家里的号码吗?对了,他不知道,否则,他就会打电话过来,对不对?他不是犯人,没人绑住他的手脚,也没人堵住他的嘴巴。可是他没打来电话,因为弗娜不会告诉他奶奶家的号码。要

---

① 之所以这么叫,因为加入的棉花糖、坚果和黑巧克力碎就像石板路上面铺的大小、宽厚、材质不一的石头。——译注

是我之前告诉他就好了，他们不是老说，为了防备小孩走失，应该告诉他家庭住址和电话号码吗？她总是对他呼来喝去，所以忘记告诉他电话号码了。"我从来没跟他说过电话号码。"她大声说。

"就是，瞅见没，他不知道号码怎么打电话？"

她们没怎么吃午饭——肚子几乎被石板街塞满了。不过也就这一回，下不为例，或者要再过很久很久。只有一次当然不要紧。

安琪儿起身洗盘子，尽量不去想伯尼，而是反复回味丽莎小姐的话，突然，奶奶在摇椅上问她："你是不是觉得我应该买一台电视机，安琪儿？"

"不知道呀，奶奶。你想买吗？"其实她更想问的是，你买得起吗？

"以前我有电视，可是坏了，但是我并不惋惜。这个鸟不拉屎的地方，没啥电视节目可看，除非你再花钱买一个抛物面天线，可那比我一年的食杂费还要多。"

"你不需要买电视。"

"我在想，如果我有电视，没准儿伯尼就不会走了。小孩子在这种乡下地方待着无聊透顶，没人可以一

235

起玩，没事干。"

"我不记得伯尼抱怨过没有电视。"

"那是你没仔细听，他几乎每天都跟我唠叨。我跟他说，就算我有，他在屏幕上也只能看到雪花，哪怕他再有耐性，几个月之后，他只能看到更多的雪花。"她摇摇头，"我寻思他很想看电视，我应该给他买一台的。"

"奶奶，伯尼离开不是因为你没有电视，而是妈妈偷偷跑来接走了他。我敢打赌，他压根儿不想走。"

"不，他想，他想妈妈。他也跟我说过。"奶奶靠向摇椅，开始闭目养神，"我自己也不是一个好妈妈，安琪儿。"

"不能啊，我敢说你一定是个好妈妈。"

"吉米和雷，我的两个儿子，都进了监狱，如今他们都过世了。我不知道自己哪里做错了，我已经很努力了。"

"不是你的错，奶奶。有时候人就是不走运，或者他们的孩子交了不该交的朋友，或者别的。你不要责怪自己。"

奶奶似乎没在听。"我们属于孤儿寡母，我丈夫死得早，他们那时候还小，我自个儿经营农场，抚养两个幼子……真的尽力了，老天爷。不过，也可能不够尽力。然后，爆发了该死的战争。"

安琪儿把同一口锅擦来擦去，想说点儿啥，但是又说不出来。

"也许他们死在越南更好，可是没有。回家后，兄弟俩都染上了恶习。吉米结婚了，可是孩子还没出生，他就进了监狱。之后，雷也进去了。我真的不明白，雷那么聪明，他本来可以上大学的。"奶奶闭着眼睛摇啊摇，嘴里嘟嘟囔囔，又在咒骂战争，"就这么着，我的两个儿子都进了监狱，我收留了吉米的老婆和孩子——真是活生生的人间惨剧——可是好景不长，我还没被逼疯，那个不中用的女人就扔下韦恩跑了。私奔前，她甚至懒得给儿子换一下尿布。哦，我的天，作为两个孩子的妈妈，我失败过一次，我寻思着，总该吃一堑长一智吧，可是——"她一声长叹，"——并没有。所以，弗娜跑来接走伯尼，没准儿是好事。我可不想又毁了摩根家的一代人。"

她该怎么安慰老太太？丽莎小姐之前坐在她身边，说上帝赐她荣耀为冠冕。可是安琪儿不是丽莎小姐，她没有啥漂亮话可以说给奶奶听。思来想去，她只有一句话可说。

"还有我呢，奶奶。"

奶奶微微坐起来，睁开眼睛。"是啊，还有你呢，对吧？"她瞅着安琪儿，点点头，"你要是真变成天使，好像也不赖，喜欢发号施令的天使。"她瞅了瞅天上，"不过我还是少抱怨为好。"她从摇椅上挣扎着起身，"我要上床睡觉了。要是电话响了——"

"我会接的，放心吧。"

17
伽利略

"哦，观星的良夜啊，"观星人感叹了一声，眼睛没离开望远镜，"你过来吧。"安琪儿凑得够近，可以听见他的呼吸声，在寒夜的空气里有点儿刺耳。他应该穿暖和一点儿，戴顶帽子，更应该把烟戒了。不过她还是别唠叨了，反正他不会听。

"现在找出北极星。"

这会儿让安琪儿找北极星好像很容易，可是夏天的时候为啥那么难呢？先找到北斗七星，外侧两颗星星直直对着的就是北极星。

"好的，继续看。"他在她的耳朵边抡起右胳膊，"上面，上面，几乎就在正上方。"她的视线跟着他的胳膊移动，"瞅见没？毛茸茸的一小团？那就是仙女座星系。要不要从望远镜里看看？"

她点点头，茫茫然说不出话来。她在书里读过，如今却要亲眼见到了。仙女！那是另外一个星系，距离地球一百多万——不，两百多万光年之遥，里面挤满了千亿万亿颗星星。如此壮美、绚丽的良夜让她难以呼吸。

可是白昼的剧痛突然袭来。没准儿伯尼离我也有两百多万光年之遥。"我弟弟走了。"她说。

"哦？"

"我妈妈偷偷跑去学校，把他接走了，没告诉我和奶奶。"

起初他没有说话，好像并不关心。她从未跟他提过伯尼，可能他压根儿不知道伯尼的存在。

"老太太心情如何？"

"奶奶吗？"

"对。"

"烦着呢。她和伯尼成了好朋友，在一起时有很多乐子。"

"他一定对她不坏,很遗憾他离开了。"他从口袋里掏出一包烟,叼了一根,"我知道不该抽烟,"他说,好像为了堵住她的嘴,"不过至少,这是合法的。"他把烟点着,抽了起来。

她瞅着烟雾从他嘴里冒出来。大人真是匪夷所思,什么东西对身体有益或有害,他们似乎不在乎。如此一来,该如何主宰世界?"我该进屋了,"她说,"家庭作业还没做。"

"对你弟弟,我很抱歉,"他说,"可是你妈妈不能这样子,对不对?"

不像丽莎小姐,他好像不大会表达,不过安琪儿明白他的好意。

"没错,"安琪儿说,"很不该。有时候她好像整不明白,她也不是没试过,就是脑子不好使。"

"我知道那种状态,"他说,"我也经常缺心眼。"他的声音悲伤而疲倦,她真想知道该如何帮他。

"你教我看星星,"她说,"这对我非同寻常。"

"你喜欢看星星,"他说,"这对我也非同寻常。"

✦ ★ ✦

每天迈下校车时,她都盼望弗娜的皮卡车能停在房子边。弗娜一定会回来的,她自个儿是搞不定伯尼的,抚养伯尼的大部分责任都被甩给安琪儿了。即使在最好的情况下,伯尼也很难搞,而且难以想象弗娜能有什么最好的情况。也许她变了,真的变成一个好妈妈。"她一直爱伯尼,爱伯尼胜过爱我。没准儿我才是问题所在,要不是我横插一杠子,没准儿她和伯尼早就其乐融融了。"这么想真让人难过。

日子一天天过去,伯尼不在家,也没打电话回来,她的生活渐渐恢复了一些规律。早上起床后,她先从厨房门外的柴堆取木头,在大铁炉里生火,然后再取来足够多的木头,如此一来,她在学校的时候,奶奶一整天就不会挨冻。接着准备早餐,通常是麦片。学校里关于韦恩的流言渐渐平息了,几乎没人搭理她,不过这对她倒是好事。好极了。她一般下午就把作业做完,晚上如果天晴就可以看星星,她可不想心里老悬着家庭作业。

白昼越来越短,所以她通常五点就做好晚饭,因为奶奶很早就要上床睡觉。

她希望晚上不会太冷,因为观星人叮嘱她冰点以下不要出门。"你看我的咳嗽,一直好不了。"他说。

"你应该戴帽子,"她说,"还有戒烟。"

他笑了笑:"行了,安琪儿,以后再改造我吧。"

碰上阴天或结冰的晚上,她就在屋里研究天文书,尽量记住所有星星和星座的名字。在秋季星空那个章节,北方星空和南方星空各有两幅插图。左边是真实的星空场景,右边则是像连点图一样的星座。这些连点图的帮助可大了,必须承认,真实的星空就像上帝或别的什么人随手抄起一桶形状和大小不一的宝石,哗的一声向黑乎乎的天空抛撒出来的。

当然,星星不知道自己有名字,也不知道它们连在一起会变成各种图案:熊,马,或被链条缚在岩石上、眼看就要被鲸鱼吞噬的女子。这些都是人类的想象。出于便利、易记的目的,人类把星星变成图案或故事,否则,人类面对浩瀚无垠的宇宙就像面对巨浪,只会被拍得晕头转向。人类又算啥?早在我们发现几百万光年之遥的星系之前，甚至早在我们形成光年这个概念之前，令人敬畏的星星和宇宙即已存在。

每逢学校的图书馆开放日，阅读老师就会领她去简易读物的书架。她一直想不明白为什么，因为她的阅读能力其实很不错。直到万圣节前的某一个早上，图书馆馆员科茨夫人临时给他们代课。安琪儿一点儿都不想选那些傻乎乎的故事书，可是她又不知道该如何找到自己想要的书，所以只好傻乎乎地站着。

"我能帮你什么吗，安琪儿？"科茨夫人打招呼，"你对什么书感兴趣？"

"我——我喜欢和星星有关的书。"安琪儿脱口而出。

"哦，那我有一个绝佳推荐。"科茨夫人说完就走向绘本区。安琪儿犹豫了一下，连语文老师布里奇曼女士都不强求她读绘本了。科茨夫人弯下腰，挑了一本书，又站起来。安琪儿愣着没动，科茨夫人又向她保证，"相信我，安琪儿，这本书你一定喜欢。"

是《星际信使》，文字和插画作者都是彼得·西斯。自从爱上《认识星星》的作者H.A.雷，她就开始留意作者信息。西斯先生这本书的封面上，画着一个人正在塔楼的走廊或阳台，透过老掉牙的望远镜观察星空。塔身上画着各式动物，安琪儿马上明白那是星座图。打开书，只见繁星满天的夜空衬着深蓝色的城市，睡意正酣的城市里只有塔楼的窗户这一处亮着灯，一个身影正拿着望远镜对向夜空。

"是不是美极了？"

"没错，"安琪儿小声回应道，"我可以借这本吗？"

"当然可以。"

安琪儿顾不上去服务台，就近找了一把椅子坐下来，久久没合上那本书。

塔楼上的人名叫伽利略·伽利雷。那我是不是也可以叫摩甘娜·摩根或安琪儿·安吉莉娜。名字虽然有点儿傻，人可不傻。他是"著名的科学家、数学家、天文学家、哲学家和物理学家"。哇，一个几乎无所不知的家伙，但他觉得有必要向世人证明他是如何知道的，于是做了全世界第一台观星望远镜。他想证明太阳——而不是当时大多数人以为的地球——才是宇宙的中心。

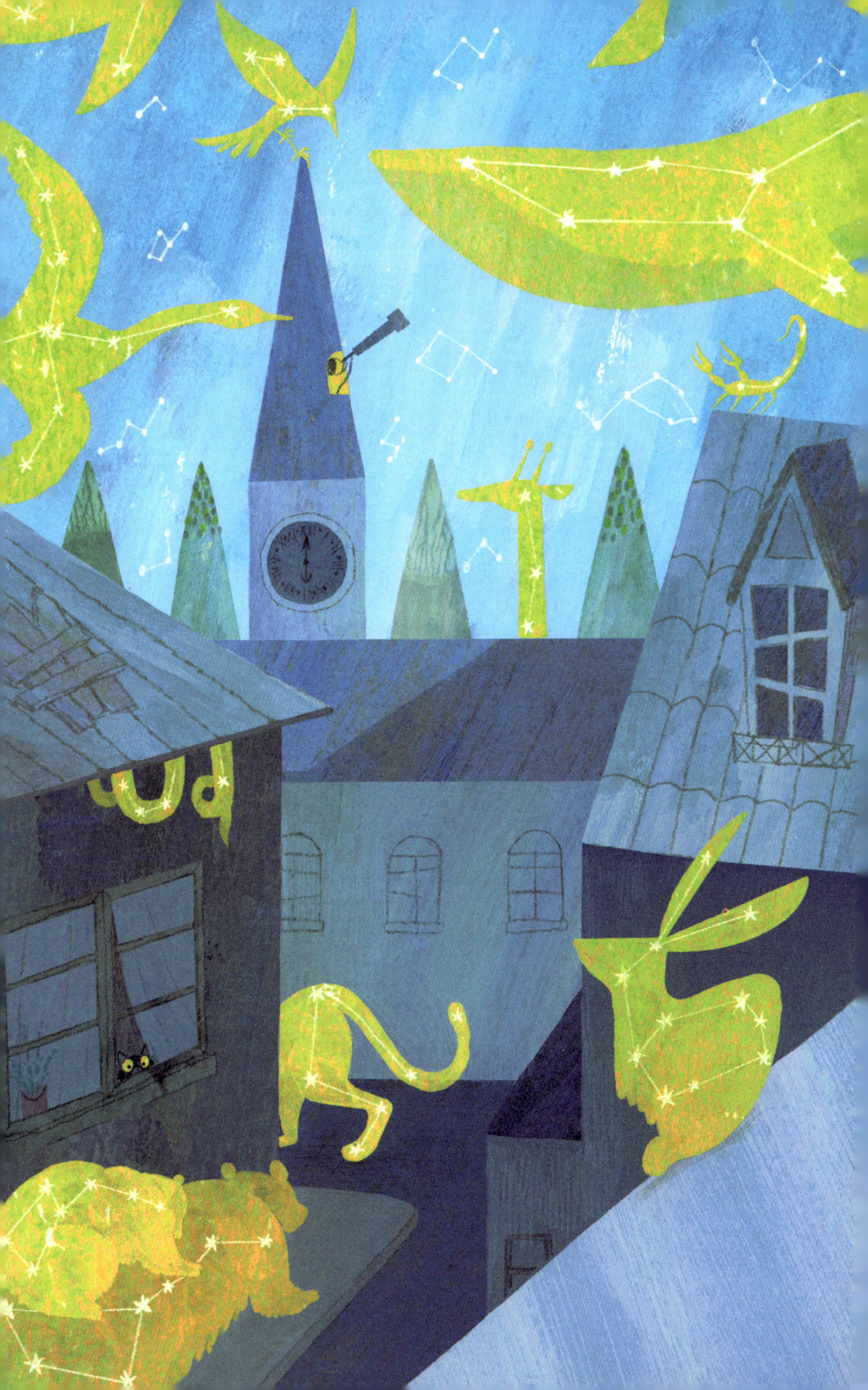

当时的权威专家对此勃然大怒，把他送上法庭，又把他关在家里，派人日夜看守，直到他去世。可是到头来，他们不得不承认伽利略才是对的——此时伽利略已经去世350年了，并且赦免了他的罪名。荒唐之处就在这里，明明是专家们的错，别人反倒要得到他们的宽恕，完全没道理。

　　可是反过来想，也有几分道理。她不就一直要求弗娜原谅她吗？难道弗娜就不需要道歉？更别说韦恩了。为什么她对韦恩总是抱有歉意呢？尤其是想到如果传言属实，他真的抢了那家商店而且开枪打了店员时。可能是养孩子太费钱了……不对，又不是她的错才使得韦恩去抢劫，她从来没有什么过分的要求。如果是弗娜让韦恩觉得必须要有更多的钱，那也是弗娜的错，不是她的，对不对？

　　"安琪儿！别做白日梦了！该回去上课了。"梅根·阿姆斯特朗在她边上站着，想看清楚什么书让她如此入迷。安琪儿急忙伸出胳膊遮掩，"绘本！你借的该不会是绘本吧？"她故意让所有朋友都听见。

　　"我已经帮你借好了，安琪儿，"科茨夫人在服务台大声说，"如果你需要别的天文学的书，尽管告诉我，好不好？"

"天文学？"看得出来，梅根被惊到了。

"谢谢你，科茨夫人，"安琪儿说，没理睬张大嘴巴的梅根，"要是还有伽利略的书，能不能帮我留着？"她略过梅根，加入门口的队列。她能听到梅根一伙人在后面叽叽喳喳，可是这回她一点儿也不尴尬。她知道她们想不通，为什么安琪儿这样的女生居然懂得天文学和伽利略。

观星人也会喜欢这本书的，可是黑漆漆的晚上怎么给他看呢？就算跟奶奶借大手电筒，恐怕也不够亮，不足以显示插画的细节，更别说阅读文字，以及作者在插画上手写的有趣内容了。《星际信使》真的妙不可言，与璀璨的星空一样了不起。与之相比，H.A.雷的《认识星星》可谓一般甚至糟糕。不过，两本书都有一个共同点：不论哪一本，她都舍不得还给图书馆。

她把《星际信使》夹在笔记本里，一整天都没离眼。等到她下校车的时候，这个故事她已经至少读了两遍，作者在插画上手写的内容也基本读了一遍，由此而来的兴奋可以跟她看到仙女座星系相媲美。她忍不住好奇，伽利略当年透过自制的望远镜，是不是也瞅见了仙女座星系。

出于习惯，她查了查信箱。除了煽动住户赶紧去柏林市的沃尔玛血拼的广告传单，信箱里啥也没有。不可能了！她把传单揉成一团。她忍不住好奇，伽利略的时代是不是也有广告。她知道那时候已经有印刷机了，因为伽利略的书就是这么出版的，但他们肯定没有沃尔玛的广告传单！她忍不住傻笑。

在车道上边走边跳的安琪儿慢了下来。如果进门时过于高兴，奶奶可能会过问，然后她要么撒谎，这样事情就会复杂起来，要么给她看那本书，那就要解释一番，结果不仅丽莎小姐，观星人也要被牵扯进来。她从未跟奶奶提过观星人。虽然越不说她就越想说，可是一旦说了，谁知道奶奶会怎么想，保不齐她会担心，一个小姑娘天黑后去户外究竟做些什么。"就看星星而已。"虽然这个回答诚实而且真实，听起来却不大可信。

奶奶坐在黑暗中的摇椅上。安琪儿关上门。"我回来了，奶奶。"

突如其来的光亮让奶奶直眨眼。"哎哟，我不聋也不瞎。还有，该死的电话一天没响。"

她最好调整一下情绪，与奶奶同步。

"你想喝茶吗，奶奶？"

"我最讨厌喝茶。"

"瞎说，你——"安琪儿本想反驳，"好吧。"

"无聊死了，"奶奶说，"我困在这儿啥也干不了。"

"哦，不然我给你读书吧。"

"那些书你都读过了，莫非你有新书不成？"

"我可以跑去图书馆借。"

"不行！"奶奶突然坐直了，"别再跟那个丽莎·欧文诉苦了，我不喜欢那个自作聪明的女人干涉我们的家事。你怎么还不明白？笨！"她啪的一声倒在摇椅上，"你没从学校里带啥新书回来？"

她咋知道？"我觉得你不会喜欢的。"

奶奶闭上眼睛。"喜不喜欢我说了算。"她回答。

安琪儿把背包搁在桌子上，取出《星际信使》。奶奶还是没睁眼，微微摇着摇椅，也许可以略过插画和手写的内容，只读正文。"数百年来，人类一直以为地球是宇宙的中心，太阳、月亮和别的行星都绕着地球旋转……"

"瞎说，人类才不会这么以为。"

"真的，奶奶，书上就是这么——"

"我告诉你，人类压根儿不关心这个世界，更别说宇宙了，他们只在乎自己。这些天，我一直坐在这里，琢磨你们的母亲，这也是她的问题。她觉得自己是宇宙的中心，你、伯尼和我，甚至可怜的老韦恩，都要顺着她的心意和念想。我现在就告诉你，她错了，错得离谱。"

"您说得对，奶奶。"奶奶还在喋喋不休，安琪儿把爱书收进背包，准备泡茶。

★ ★ ★

难得十月底的夜晚还这么暖和，星星点点的天空像极了《星际信使》的封面。她决定带上奶奶的手电筒，给观星人瞧瞧这本书。万一他想把书带回家细细翻阅，那她就得解释一番，书是学校图书馆的，不能再把它借给别人。他会理解的，虽然他看起来不拘小节，可是想必也明白学校就是规矩多，小朋友唯有遵守。

安琪儿一直等到厨房没了动静才下楼。她穿着羽绒服，并不是因为天气冷，而是这会儿都十点了，还是穿着吧。她从离门最近的储物柜抽屉里取出手电筒，蹑手蹑脚，轻轻掩上门。她可不想奶奶听到她溜出去，尤其是今晚。

观星人不在。如此良夜，暖和如夏夜，他却不在。那个他本该出现的地方，那个在晴朗暖和的夜里他一直都会在的地方，没有他的身影，安琪儿此前的担忧——是否或如何跟他分享图书馆藏书——显得多余。她走到更远的杂草丛生的牧场上，打着手电筒照来照去，左顾右盼，还是没见着。她又走向拖车，也许他只是迟到了。可是靠近一看，拖车里黑灯瞎火的，而且他的老爷车也不在。

他为什么离开了？难道是因为他知道她不想借给他《星际信使》？不对，这说不通。肯定是她干了啥事伤了他的心，让他不想再跟她共处，肯定是。她绞尽脑汁回想上次见面她到底说了啥。她确实唠唠叨叨，让他戒烟。不对，不可能是因为这个。面对现实吧，肯定是因为她很笨，他想让她看的星星她都瞅不见，于是他失去耐心，不想再为这么笨的人——花了好几个星期才认识北极星，几乎不动的北极星——费心，而且……

不对！她用手背拭去眼泪。她可不笨，不要再这么责怪自己了，都怪他，辜负了她。他跟别人没有什么两样，大人都这样，先得到小孩子的信任，然后甩手就走了——嘭！他们根本不明白这样被抛弃是什么感受，他们也许并不在乎。不论是无心之失还是有意为之，被抛弃的孩子受到的伤害都是一样的，一样。而且，从来不是小孩子的错！完全不是。第一次时社工就跟她说了这些，她还当耳边风。现在她明白，这真是大实话。迄今为止，她和伯尼的遭遇都不是他们的错。她曾经以为，他们被扔在冷冰冰的公寓、被扔在通宵餐厅、被扔在奶奶家都是她一个人的错，如今，她已经受够了这种想法。她猛地转身，在凹凸不平的路面上跟跟跄跄，胳膊下夹着"伽利略"，泪眼蒙眬，踩着颠簸不定的手电筒光照，跑回了奶奶家，那个安全的家。

她再也不相信任何人了。不相信科茨夫人，不相信丽莎小姐，甚至不相信——她觉得呼吸困难，脚指头绊到门槛，摔倒在地。手电筒弹了几下，滚过厨房地板，砰的一声撞到椅子腿，才停下来。

　　"谁?！"奶奶在卧室里叫喊。

　　"是我。"安琪儿回答。

　　"我的天，小丫头！你想吓死我不成？"

　　"对不起，我绊了一下。"安琪儿从地上爬起来，觉得浑身都摔疼了，一颗心也在隐隐作痛，"回去睡吧，奶奶，没事儿。"她轻轻掩上门，把手电筒塞了回去。转身一看，奶奶站在门口。

　　"开灯，小丫头。还好没撞断脖子。黑灯瞎火的你在厨房里干吗呢，脑子糊涂了吗？"

　　"对不起，奶奶。"

　　"先开灯，傻丫头。"

　　安琪儿打开门口的开关。

　　"难道你也想逃走，扔下我一个？"

　　"不是。"

　　"那你穿着羽绒服，站在厨房门口做什么？"

"哦,这样。"

"哪样?"奶奶不像白天那样挽着圆发髻,而是披着一头到肩的灰发,活像恐怖片里的女巫。

"我睡不着,就想——"

"你对我撒谎?"

"我干吗要对你撒谎?"安琪儿自己听着都像谎言,也许奶奶比较好糊弄。

"不知道,"奶奶摇摇头,"总有人骗我。"她走向摇椅,移动的样子仿佛她已经一百岁了,而不是八十岁。她缓缓坐下,抬头瞅着还站在门口、满嘴谎言的安琪儿。

"泡点茶,好不好,小丫头?"

"好的。"

"还有,把那件讨厌的羽绒服脱了,免得我担惊受怕。"她的声音带着哭腔。

她们相对无言,坐着喝起热茶。安琪儿觉得羞愧万分,跟她以前辜负了伯尼,吓得他以为她也不要他了一样,虽然她绝对不会这么做。必须让他知道这一点,哪怕现在他不在这儿了。他不会是觉得她想一个人留下来吧，不会的对吧？莫非弗娜跟他说，安琪儿累了、烦了，不想照顾他了，所以……

这几天的遭遇让她疲惫万分，身体沉得似乎爬不回楼上，可是还能做什么？韦恩、弗娜、伯尼先后离她而去，现在连观星人也不见了——一个个一言不发，甩手就走。

"我上去睡觉了，奶奶。"她说。

"好。"老太太应道，陷在摇椅上一动不动。

18 流星

第二天下午刚下校车,还没看见人,她就感觉到了他的存在。随后,他从路边的小树林里溜出来,个头儿似乎比在监狱里更高。

"安琪儿?"

"爸爸?"她眯起眼睛确认。简直不敢相信,他应该在监狱里,不是这儿,"你跑过来干吗?"

"我现在跟假释差不多,"他眨着眼睛侧着脑袋,像极了伯尼准备造反时的样子,"你在电话里听起来很难过,所以我想最好来看看。"

"假释？"

"没错，"他笑得有点儿诡异，"因为表现好。"她站在马路中间一动没动，不知道应该说些什么和做些什么。他是不是在撒谎？

"不想给爸爸一个拥抱吗？"他说着走过来。她忍不住想跑，可是怎么可以被自己的爸爸吓跑呢？她伸出胳膊抱了抱，有点儿敷衍，他的衬衫上满是汗臭和烟味。她马上往后退了退，他似乎没发觉。"我去告诉奶奶你来了。"她说着，转身想走。

"我觉得这个主意不大好，小甜心。她不是很喜欢我。一会儿有个朋友来接我，也许我可以先在拖车里歇歇脚。"

"拖车不可以，"她的声音不由自主尖厉起来，"现在有人住。"

"哦，"他说，"那就去炼糖的棚屋。你可以给我拿点儿吃的吗？"他咳了一声，"我快饿死了。"

他一定是越狱了，还指望她窝藏包庇。她真想叫他走开，该回哪儿就回哪儿，不然警察又要来敲门，而她残留的小世界很快就会荡然无存。可她没这么做，他们并排走上车道,他的左手搭在她的右肩上,她确信那个沉沉的重量势必会留下痕迹,犹如烙印般,透过她的羽绒服、卫衣,留在皮肤上。"越快越好,我饿得可以吃下一匹马。"他捏了捏她的肩膀,掉头走向棚屋。

她目送着他消失在棚屋里,心怦怦直跳。怎么办?如果跟奶奶说,奶奶一定会打电话报警。韦恩说得没错,奶奶不喜欢他,甚至可能还有点儿怕他。也许她应该自己报警,可是这么大义灭亲好像也不合适。要是观星人在就好了。她瞥了一眼拖车,他的老爷车还没回来。丽莎小姐倒是说过有事儿可以找她,可是这么大的事儿不好让一个驼背的老太太接着。先进屋吧,我得好好想想。

"你回来晚了。"

"哦,是吗?"

"干啥去了?"摇椅上的目光满是狐疑。

"没啥。我刚下校车,肯定是校车迟了。"

奶奶噘着嘴。"我还没吃午饭。"

"奶奶!我给你留了一块三明治,在冰箱里。我告诉你了。"

"我不爱吃花生酱。"

"哦,那你现在想吃啥?"

"不知道,我最近一直没啥胃口。"

安琪儿急得想大声尖叫。奶奶撒起娇来像个被宠坏的七岁小孩,她哪还有工夫琢磨怎么对待韦恩?她打开冰箱门。没啥东西了,一点儿牛奶,一个蛋,几块小面包片,半罐葡萄果酱,一盘吃剩的桃子罐头。没有火腿,也没有任何肉。男人都爱吃肉,是不是?"我最好赶紧跑一趟杂货店,趁它没关门。"她说。

"不要!"

奶奶的命令尖厉决绝,安琪儿不由得转过身来。

"天马上就黑了,我不想你把我独自留在黑暗里。"

"好啦,奶奶,那我就等明天校车路过的时候再去,买点儿东西回家。"她走向橱柜,那里总有豆子罐头。她不记得自己买过,可是架子上的豆子罐头似乎凑在一起就会自行繁衍一样,老是吃不完。"那我给您热一罐豆子,好不好?"

"嗯。"

奶奶哼了一声,那就是同意了。她一边搅动,一边又想到韦恩。棚屋这会儿该冷了吧？要不要溜出去给他一条毯子？奶奶不吃的花生酱三明治倒是可以给他吃，别的没啥了。不过他来之前也没打招呼，所以不能怪我。胃里有点儿恶心，她强行忍住。

"为啥你不过来，在餐桌吃呢，奶奶？"奶奶应该一整天没动了。她本以为会被拒绝，没想到奶奶哼哼唧唧从摇椅上起身了，慢悠悠地挪向餐桌。

谁也没吱声，只有奶奶嚼豆子时嘴唇发出的声音。临了她还是说："你吓死我了，安琪儿。"她说话的时候，鼻尖那颗痣上冒出来的白色长毛也在抖动。

"我怎么吓着你了？"

"我以为你要抛弃我。"

"为啥这么想？"

"昨天那么晚你还出去，今天又这么晚回来。"

"就算我想跑，也没地方可去，奶奶。"

"有些家伙没地方也可以。逃就是了。"

比如韦恩。比如弗娜和伯尼。比如观星人。

"哦，我的神志比他们清醒。而且，我还没教会你五大类食物呢，这时候跑去别人家，岂不是又要从头开始教。"

奶奶的嘴角微微露出一点儿笑意。

★ ★ ★

她在餐桌做作业时，一直盘算着怎么把三明治和毯子拿给韦恩，同时竭力控制自己不去埋怨他越狱后跑来找她，把她的生活搞得更糟。她还担心奶奶永远不会上床睡觉了，好不容易等她上床了，过了好久安琪儿才听到鼾声，证明奶奶终于睡熟了。

她拿上了原本给弗娜准备的被子。伯尼的被子她舍不得拿，哪怕那是床单人被。她还从厨房拿了一个玻璃罐，装满水，这才抓起包着锡纸的三明治，偷偷地摸向棚屋。

她推开门。"爸爸？"

"我还以为你不来了。"她瞅不见老爸的脸，隐约只见一个轮廓坐在地板上，背靠着那堆百科全书。

"我得等到奶奶睡熟了。你也不想我告诉她你来了吧？"

"不，不想。对不起，我就是饿坏了。你带了啥吃的？"

"只有一个花生酱三明治和一些水。不过我给你带了一床被子。明天我就去杂货店买点儿好吃的。"

"不需要。天亮前我们就走。"

多年前沸腾过的枫树液余香，夹杂着霉菌和臭汗的异味扑鼻而来，此外还有——她忍不住脱口而出："你是不是抽烟了？"

"就抽了几根。这里冷死了。"

"要是起火了咋办？"

"难怪弗娜说你从小爱发愁。"他咯咯笑，"我一定小心，我保证。"

"而且，抽烟对身体不好。"

"看来你真的关心老爸，是不是？"他拍拍身边的地板，"来，陪我吃完三明治。"

她坐在他身边，不知道说啥好。她很想问他为什么出现，是不是真的假释了，可是说不出口。

"还记得，那次我们去义卖会，我给你赢了一头熊？"

"还在呢。"她说。

"不是吧?!那头笨熊你还拿着?"

"是。"

他伸出拿着三明治的右手,搂住她的肩膀,于是她的羽绒服袖子就蹭到了一些花生酱。"难以置信,这么多年了,你还留着那头熊?我的天。"他在她面前咬了一口三明治。她喜欢被他有力的胳膊搂着的感觉。静悄悄的,只有他咀嚼三明治——奶奶没吃的三明治——的声音。

"我得回去了,爸爸。"她从地板上起来。

"等一下,我有话跟你说。真正的好消息。"

她站在门口等着。

"我再也不会离开你了。是不是天大的好消息?"

"我不明白,你说过……"

"我要带你一起走,所以我才回这儿来。带我的安琪儿走。"

她浑身剧烈发抖,不得不抓住门把手,靠着门。

"安琪儿?"

"怎么啦,爸爸?"

"不好吗？"

"好，爸爸。"可是为啥她老觉得不好呢？

"你现在回屋，只带一些非带不可的东西，然后再回来。我的哥们儿答应我午夜的时候来这儿，现在大概是——"他抬起手腕看表，"——十一点出头。"

牙齿咯咯作响，双腿瘫软无力，她都不知道自己是怎么走到门口的。然后她偷偷溜进屋，爬上楼，从床底下拽出绿色行李箱，扔在被子上。她的双手抖得叠不了衣服，只好从抽屉里拿出来后，胡乱塞到包里，颤巍巍拉上拉链。她摸下楼梯，掩上厨房门，尽量不发出任何声音。除了思绪，她浑身都在发抖，像极了那次在牙科诊所，牙医在她嘴里注射了一大针麻药之后的感觉。

推开门，他就站在棚屋门后。"来啦，"他赶紧拉她进来，关上门，"我还怕你不来呢。"

她在黑暗里点头。这不就是她一直盼望的吗？爸爸再也不离开她？

他靠着百科全书的书架坐下来。"让那个弗娜好好瞅瞅，好不好？"他说。

这跟弗娜有什么关系？"啥意思？"

"她带走了我的儿子,但她带不走我的安琪儿。"

他这话什么意思?难道她只是某件弗娜得不到的东西,或是他不想让弗娜偷走的私有财产?

"今天早上他们一放我出来,我就知道这是一个千载难逢的机会。我要带你走得远远的,让她一辈子见不着你。佛罗里达咋样?你喜欢佛罗里达吗,宝贝?"

佛罗里达?他在胡说什么?就算他真的被假释了,也不能由着性子到处跑。对那套系统,安琪儿熟悉得不得了。"未经许可,他们不会让你去佛罗里达的,对不对?"

"爱谁谁,未经许可,他们还不让你上厕所呢,不过你不用担心这个,宝贝。从今往后,爸爸不会再让你担惊受怕。"

"爸爸?"

"怎么啦,我的安琪儿?"

"我忘记拿熊了,我得回去一趟。"

"你确实很爱我送你的熊,对不对?去吧,宝贝,不过得快,好吗?我哥们儿马上就来了。"她摸向门口,"还有,安琪儿,如果那个老巫婆有现金什么的,你也一并拿来吧。"

"她只有那么点儿社保钱,爸爸,你可不能拿。"

"不能拿个鬼。比起她让我遭的罪,她欠我的更多。"

安琪儿不能动弹。他居然让她偷奶奶的钱。

"快去吧,宝贝,我们没时间了。"

她掩上门离开棚屋,可是并没有奔向厨房,而是转身绕了一个大圈,到了后面的篱笆墙,然后,就像身后有恶魔在追赶似的,疯狂地跑向拖车。观星人的老爷车还没回来,可是也许——没错,拖车门没锁。乡下好像都不锁门,虽然他们应该锁的——因为你不知道谁会莫名其妙出现。她噗的一下瘫在窗下的沙发上,气喘吁吁地坐着,直到呼吸平复下来。然后就是等。

终于,她听到车子扑哧扑哧开上土路,瞅见车子左拐时照在奶奶家车道上的车灯。韦恩从棚屋里出来了,听不清楚他跟司机说了啥,可是就着月光,她能瞅见他站在驾驶座的车窗边,急得脑袋上下晃动,然后他转身趋近奶奶家,好像在找人。一度还从车道上捡了几颗小碎石,扔向楼上的一个窗户。错了,爸爸,那是弗娜的房间。终于，他绕回车上坐下，砰的一声撞上车门就要离开。他从未朝拖车的方向看过一眼。车子倒上马路之后，她依稀瞅见她的行李箱，被韦恩留在车道中间。

引擎声越来越远，她似乎被冻住了一般。他逃来接她，她却躲开了。不敢越雷池一步、循规蹈矩的小姑娘，似乎都是这个下场。生活犹如白驹过隙，她们却像孤傲的寒冰坚守着南极。她不哭。父亲扔下她，自个儿跑去佛罗里达，他的人生可能就此毁掉，真正做女儿的应该为此哭泣。

等她离开沙发，打算回到床上时，天已破晓。观星人的物品——他的书、望远镜甚至他的味道——散落在身边。他究竟去哪儿了？如果他当初问一声，没准儿她会跟他一起走。不行，怎么可以有抛弃奶奶的想法？总得有人是她的北极星。

★　★　★

摸回去躺下来，她辗转反侧。脑子就像游乐园里弱小的过山车，被甩来甩去，不停地上下起伏、绕来绕去、正反颠倒，于是恶心想吐。如果不是担心奶奶听见，她早就大声尖叫了。

第二天在学校，多亏那种麻木的感觉又回来控制了她的大脑，她才勉强撑过去，只是没说一句话。哪怕去杂货店买东西，她也没停下来瞅瞅丽莎小姐。晚上她也没跟奶奶说话，但本来默不作声的晚餐，却被尖锐的电话铃声打断了，吓得她俩都从座位上跳起来。两个人都怔住了，眼瞅着电话在墙上啸叫和震动。

"噢，"奶奶在电话响了七次之后说，"你最好去接，没准儿是伯尼。"

安琪儿不情愿地从椅子上起身，走向电话，拿起听筒，压根儿不敢指望是伯尼，只祈祷着不是警察或社工。是陌生人打来的，找摩根夫人。社工通常是女性陌生人。

"找你的。"安琪儿呼吸沉重，转头告诉奶奶。

"如果是推销东西的，告诉他们我不会买。"

"摩根夫人现在不方便接电话，"安琪儿装出弗娜的腔调，"我可以代为转达吗？"

"我们是佛蒙特州中央医院。"电话那头说。哦，天哪，不会是伯尼吧？"我们这儿有位叫雷·摩根的病人。他想让我们通知摩根夫人，他马上要做个手术。"

"谁要动手术，你们说？"

"她说啥？"奶奶站起来，"让我来。"她走过来从安琪儿手里拿走听筒，"我是摩根太太，"她说，"哪位？"

安琪儿没啥可干，只好在一边待着。起初她只觉得如释重负，因为不是伯尼，也不是警察打过来盘问韦恩的电话，更不是时时盯着她的福利局。可是没过几分钟，她的心就像被冰凉的手指攥住了。谁在医院里？雷·摩根早就死了。奶奶说的。

奶奶没怎么说话，只是点头，好像在告诉对方她明白。显然有人在大费唇舌，跟她解释着什么，临了她又问："能不能用我能听得懂的话再跟我说一遍？"又是一通长篇大论，"哦，哦，好。我猜不用。好，就这样。"然后她就挂了电话。转过身来，只见她瞪大眼睛，活像被疾速冲来的车前大灯照傻了的动物。

"他要死了，"她说，"我刚知道。"

"谁？谁要死了？"安琪儿吓得不能喘气。

奶奶似乎痛苦万分,走向摇椅。"圣诞老人。"她说,又开始摇来摇去,表情呆滞。

19

尘归尘，土归土

"奶奶,哪有什么圣诞老人?"她一边说,一边打了个冷战。

奶奶正可怜巴巴地瞅着她:"哦,我还以为你认识他。"

"等一下,这些年有个人一直在帮你,就是那个雷吗——你的儿子雷?"是观星人?

"我没有儿子,也没有孙子和曾孙。"

"医院那个女人说的,雷·摩根。"

"她知道啥?!"

"住院的那个人跟她说了,他是你的儿子雷。她只不过是传话的。"

"我的雷早就死了,入伍后死在越南了。"她闭上眼又开始摇椅子,"政府夺走了我的小儿子,他再也回不来了。"

她本来不想问,也不想知道,可是没辙。"那么,住在拖车里的人是谁?"

"你怎么知道有人住在拖车里?"

"我和伯尼在房子附近溜达的时候,往车窗里看了一眼。有人住在里面。"

"这又不是你们的房产,你们没有权利到处乱瞧乱看。"

"我知道,但我不小心瞅见了。"

"你们在附近没有见过别人吧,对不对?"

"有,我们来的第一个晚上,伯尼看到院子里有人,拿着枪。"

"之后呢,你没有见过别人吧?"

她很想撒谎。她不想观星人变成奶奶那个不可思议、生死未卜的儿子。

"问你话呢,你有没有瞅见别的人?"

"有,有人不停给我们送吃的。而且我知道,他绝对不是你说的什么圣诞老人。"

"我就是一个疯婆子,安琪儿。"

"不,你不是!而且我不会让你以此为借口。你不想我对你撒谎,可是,我受够了你的谎言。"她的嗓门不由自主地高起来。

"你先跟我坦白。"老太太的身体前倾,突然谨慎起来。

"坦白啥?"安琪儿问。

"告诉我,你为什么对星星那么感兴趣?"

看来没办法撒谎了,可是她又不知道从何说起,于是愣在那里揣摩。

"你见过雷,我知道。附近只有两个人为星星疯狂,一个是丽莎·欧文,另一个就是雷·摩根。我知道你见过丽莎,而且我怀疑你晚上溜出去见雷。"

"我怎么可能见到雷?雷死了,你自己说的。"

"我说的是我的雷死了,死在了越南,回来的这个却是——行尸走肉。你知道啥是行尸走肉吗?"

"跟游魂一样？"

"没错。他不说话，也不能工作，差点儿没把我吓死。他已经不是我的小男孩了。我不停地把他赶出家门，每次回来，他都保证会好，可是转头他就偷我的电视机或社保支票。我又把他赶出去。"

"那你还让他住拖车。"

"那是之后了，在他蹲过监狱之后。他出狱后，生了大病，没处去。可我坚决不让他踏入家门一步，想都别想，他已经不是我的男孩了，只是戴着我儿子面具的陌生人，就像在万圣节。于是他就跑到拖车去住，至少不用露宿街头，这样我也不用管他，不用假装他曾是我最心爱的宝贝。"

她用裙子抹眼泪，抬头发现安琪儿正在瞅她。"我不是为雷哭，很多年以前我就不为他哭了。我是在为这栋老房子见证过的失败人生而哭。我在这儿住了一辈子，目睹人性永无止境的堕落和荒废，却无能为力。我没了两个儿子，所以那个女人把韦恩甩给我的时候，我觉得这回应该可以成功了吧。可是，我的人生还是失败，你最清楚了。主，救救我。"她用力扯着裙子，

"然后我又想,伯尼总该可以了吧——你对他这么好。我觉得我跟你一起,没准儿可以阻止这持续了数代人的失败,可是你妈妈又半路杀出来,抢走了这个责任,她真的可以吗?"她一声长叹,"我唯有不停祈祷,别让我活到那么老,老到看着小伯尼将来也进监狱。在他入狱之前死去,我只有这么一个请求。我再也承受不了失败了,安琪儿。"

"你的雷没有辜负你,奶奶。"

"没有个屁。"

"真没有。你说对了,我见过他,见过很多次。晴朗的夜空我就溜出去,他会教我如何观星。一开始我可笨了,啥也看不懂,但他可有耐心了,不厌其烦地教我。他的心胸跟天空一样宽广,奶奶。有这么一个儿子,谁都会骄傲的。我不骗你。"

奶奶从围裙后抬起头,直直地盯着安琪儿,似乎要把她的目光吸收殆尽。"可别骗我。你觉得他浪子回头了,是不是?"

"是的,奶奶,我早该知道的。我以前也见过不少浑蛋,但他真的变好了,而且他想见你。"安琪儿走到摇椅边跪下来,"孩子都离不开妈妈,奶奶。不管多大的孩子。"

"嗯。"

安琪儿站起来。"就这样,明天早上我就给丽莎小姐打电话,问问她能不能找人开车送我去医院。哪怕你不去,我也要见他。"

"你就知道丽莎小姐!不过,她倒是一直伶俐善良。所有人都爱丽莎·欧文,哪怕在我们还是小孩子的时候。可是雷,每回受伤了,他都跑去找谁?不是我,他的妈妈,不是,而是那个宝贝的丽莎小姐。然后她就跑来告诉我,我必须让雷住在拖车里。于是,我就让他住了,有没有?"

"奶奶,没事啦,真的。他打电话给你了,他想见你。我知道他爱你。"

"该睡觉了,你没有理由这么晚还不睡觉。"

"好啦。不过我的话你要好好考虑,好不好?"

奶奶哼了一下,以示回应。

安琪儿爬上床。这几天真是疯狂:观星人失踪,韦恩突然现身,她自己也差点儿跑了。观星人……不会的，他不会死的，只是动一个手术。她也不觉得韦恩会被抓回监狱。

★ ★ ★

第二天早上，丽莎小姐打电话叫了她的侄孙埃里克，两人不到11点就来了。安琪儿9点给丽莎小姐打电话的时候就做好了准备，奶奶却还穿着浴衣。

"你去不去，奶奶？"安琪儿听到车子开过来的动静时问。

"我不喜欢那个丽莎·欧文，从没喜欢过。"

"这跟你对丽莎小姐的喜恶没关系，而是你和雷的事儿。"

"我感觉不大舒服。"

恳求或争吵都无济于事。安琪儿抓起羽绒服，走向等候的老别克。丽莎小姐脑袋抵着大腿，坐在副驾驶室，所以安琪儿坐后座。丽莎小姐扭头问她："爱玛不来吗？"

"她说不大舒服。"

"哦。"

开往巴里的路上大家几乎不说话。偶尔，丽莎小姐的侄孙——他看起来25岁左右，虽然安琪儿对成年人年纪的判断未必准确——小声跟丽莎小姐说话，后者的回答也很小声。看得出来，丽莎小姐若有所思，可是究竟想啥安琪儿无从得知。

她望着窗外萧瑟的晚秋景色。正是万圣节前夕，与她疯狂的生活倒是贴切——有那么多作乱的怪物。树上的叶子早已掉落，黑乎乎、湿漉漉地躺在沟渠里和马路上，同样百无聊赖的奶牛正在吃草。安琪儿不禁好奇，它们是否记得她——她和伯尼初来乍到的时候，曾对着它们吐舌头哈哈笑。可能已经忘了吧，奶牛只要有草吃就好，跟人类不一样，它们不会孤单寂寞，不会担心未来。只有人类才会如此吧，对不对？当然，你也可以吓唬它们，可是你一放过它们，它们转眼就忘了。它们从不会为未来担惊受怕。

她最担心的，就是伯尼在哪儿，害不害怕，弗娜会不会好好照顾他，好好让他吃饭，确保他安全和开心，如果她还可以指望弗娜……或韦恩的话。她放走韦恩的做法正确吗?或者说,她该如何判断正不正确?奶奶的做法也欠妥,可是至少她知道自己把一些事情搞砸了。

★ ★ ★

护士不让丽莎小姐和她的侄孙探望雷,他们不是家属,只有家属可以进入重症监护室。安琪儿出生后就没去过医院,伯尼出生的时候他们不让她去看,她还太小。医院里的消毒水味道很重,不仅刺鼻还刺眼。护士领她进入雷的病房,眼前所见犹如恐怖的科幻小说。观星人的脸她就从来没看得真切过,以前都是在没有什么月光的黑夜里,可是如今他的脸一动不动躺在枕头上,身上到处都插着管线。房间里只有奇怪的嗞嗞声。他的头发和胡子都被剃个精光,灰扑扑的脸衬着白色的亚麻布,嘴唇凹凸起伏,眼睛闭着。如果不说,她怎么也认不出这就是那个神奇的观星人,他就是雷·摩根,或者说雷·摩根的皮囊。他看起来犹如枯萎的叶子,比奶奶还老。

"有人看你来了,摩根先生。"安琪儿被护士的声音吓了一跳。

枕头上的脸转向她,眼睛也睁开了。"安琪儿。"他说。

"嗨。"她不知道如何称呼他,她也从未大声叫过他啥。

"妈妈没来吧,我想。"

"她有点儿不舒服。"

他似笑非笑。"没事儿,你来就行。"他又合上眼睛,仿佛没有力气张开眼皮。

她又不知道该说点儿什么了,像个木头疙瘩愣在那儿,想着应该对一个看起来将死的人说些什么。

"我很想你。"她终于开口说道。

"我也想你。"他再次睁开眼睛,"听着,如果明天的手术我撑不过去,我想你拿着那架望远镜,别管别人说啥,好吗?我不想妈妈把它卖掉。"

"你说啥?那是你的望远镜,你需要它。"

"不需要了,可能用不上了。"

她全身冰冷。"你不可以死。"她说。

"我觉得可以,安琪儿。"

"我不想让你死。"

"谢谢。我也不是脑子发疯寻死觅活,但我觉得差不多了。"

"不会。"她又拗又怒。他没有理由死。

"身子骨不中用了,安琪儿,我也从未善待过它,这就是报应。"

"你都没有奶奶老,她都没死。"

"别生我气,安琪儿。要是我知道你会回来住,没准儿我会对自己好一点儿。现在来不及了,不过我很感激活得够久,可以教你看星星。"

"只是皮毛!你要回来继续教我。"

"你还记得我在夏天说过的话吗?"

"什么?"

"就是我们都是从星星来的,我们的身体与星星的'身体'并无二致。"

"记得。"

"那你就当作我回去了,回到了我所属的星星,好吗?无论何时,只要你看星星,就当我又变回了星尘。"

"奶奶呢?"

"她怎么啦？"

"如果她还没跟你和解你就死了，她一定很痛苦。一定会的，我知道。"

"跟她说，她是个好妈妈，告诉她——"他停下来舔了舔皲裂的嘴唇，"——告诉她，我爱她。她相信你的话。"

"我要你亲口告诉她。"

"如果可以我当然愿意，安琪儿，可是我……"

他没能说完，护士跑进来告诉安琪儿时间到了，病人需要休息。"我还会来的，"她说，"到时候你最好还在，听见没？"

这是她最后一次跟他说话。

★　★　★

丽莎小姐让埃里克送她们去葬礼。安琪儿担心奶奶会拒绝，可是她穿上有年头的黑礼服和打了补丁的大衣，上了车。

教堂前停着一辆长长的黑色灵车。两个头发梳得油光滑亮的家伙穿着一模一样的黑色双排扣雨衣，守在灵车边。埃里克的车子在灵车后头停好之后，他们便迎上来，其中一个人伸手为奶奶开门。

"深表哀悼，摩根夫人。"

奶奶没理会他伸过来的手，甚至没看他一眼。关上埃里克的老别克车门时，他又说："摩根先生没有安排家人的轿车，否则，当然了……"

另一个人清了清嗓子。"灵柩已停在墓地，"他说，"请这边走。"他本想扶着奶奶的胳膊，但被她甩掉了。

安琪儿瞧见丽莎小姐拖着脚步出了图书馆的门。"等一下，奶奶，"她喊了一声，"丽莎小姐来了。"

埃里克跑过去扶她。安琪儿、殡仪员还有奶奶远远望着她，小侄孙抓着她的手，她的脑袋歪向一边，迈着瘦巴巴的小腿从不平整的草坪缓步而来。等了好久，老太太才走到他们身边。"实在痛惜，爱玛，"她说起来磕磕巴巴，"多好的人啊。"

奶奶摇摇头，嘴里咕咕哝哝，好像在说"谢谢你"，但安琪儿听不清楚。

安琪儿想象中的葬礼是电影里的那样：教堂里挤满了人，大家都站着，说一些逝者的好话。她本以为自己也许能有勇气站起来，告诉大家观星人是她的好朋友，教会她如何看星星。可是他们根本没进教堂——有古铜色高塔的白色教堂，而是径直去了教堂另一边的墓地。地上有一个刚挖好的深坑，坑的一边是简陋的、盒子状的棺材，上面整整齐齐铺着一面美国国旗；另一边堆着刚挖出来的潮湿泥土。两个穿工装的人倚着铁锹，站在不远处。殡仪员领着没几个人的送葬队伍到了灵柩边。地上放着两把折叠椅，有人轻声让奶奶就座，另外一把是给丽莎小姐的。

除开他们，还有另外两个送葬者。他们穿着厚厚的格子外套，袖口露出干粗活的、红通通的大手。他们有点儿尴尬地走过去跟奶奶自我介绍，说他们是雷·摩根在垃圾掩埋场的同事。丽莎小姐，而不是奶奶，对他们前来哀悼表达了谢意。

"他是好人。"其中一个说。另一个点头附和。大家都觉得雷·摩根是好人，为什么只有奶奶瞅不见？

一个秃顶的矮个子从教堂后门出来，身上的黑袍飘扬着。他跟大家一一握手，嘴里嘀嘀咕咕——安琪儿没听清说的是什么，然后他打开一本小黑书，大声诵读。

在这个灰暗的晚秋之晨，脚底下的草地已经成了褐色，无法想象，观星人就躺在那个盒子里，躺在冰凉土地挖开的深坑旁。观星人本该在夜里下葬，所有光芒跃动的星星都会来送他。奶奶的儿子雷·摩根，她到医院探望的那个枯瘦的人真的死了，这点她可以接受，可是怎么能让她相信，那个神奇的观星人如今也一去不回了呢？

牧师还在诵读，她打量着摩根家的墓碑，有的年代久远，看不清姓名和日期。想想真好玩，人们害怕墓地，可是这么安静的地方，有啥好怕的？大树在墓碑之间错落有致，虽然如今枝干是光秃秃的，可是她仍然记得夏天的时候它们枝繁叶茂的样子，好像在邀你入怀。

安琪儿站在丽莎小姐和奶奶身后。奶奶的目光从未离开地面。自从获悉雷·摩根的死讯后，她几乎没说过话。还好他生前安排了自己的后事，不然安琪儿怎么懂得如何将他下葬，奶奶更指望不上。他们也不需要啥家人的轿车送他们来墓地，不管殡仪员怎么想。

丽莎小姐在低声抽泣，时不时用手帕抹眼泪。她爱雷·摩根，安琪儿感觉得到。也许她比奶奶更像是他的母亲。有丽莎小姐这样的人可以依靠，安琪儿为他高兴。想必当初也是丽莎小姐教他看星星，告诉他"你本星辰"的道理。

牧师还在照着黑书读。"耶和华是我的牧者。"他说。丽莎小姐和埃里克也跟着念，他们似乎都背下来了。说到"死荫的幽谷"时，奶奶的肩膀开始发抖。安琪儿伸出双手紧紧抓住她的肩膀，她可以感受到奶奶的呜咽——深埋于心里、难以放声大哭的呜咽，透过大衣传递出来。

一个殡仪员取走棺材上的国旗，瞅见奶奶没过来接，就把国旗搁在了奶奶的腿上。然后他对穿工装的人点头示意，后者走上前来，用绳索把棺材降到坑里，到了坑底，又把绳子抽了上来。此时牧师在墓坑一头绕了几圈，抓了一把泥土，扔到雷·摩根的棺木上。

"尘归尘，"他说，"土归土。"

安琪儿的眼里满是泪水。她忍不住直摇头。不对，她心想，应该是：化作星尘，回归星辰。

20 选择像星星一样的东西

"奶奶,求你了,你得吃点儿东西。"

奶奶抬起耷拉在胸口的下巴,瞅着安琪儿,双眼没有任何生气。她的状态比伯尼不在的时候还要糟。自从雷·摩根下葬后,仿佛她也在心里挖了一个墓穴,现在她比行尸走肉强不了多少。

"瞧,奶奶,我费了好大劲儿才给炉子生好火,又给你做了美味的烤鸡,你连坐到餐桌前也不愿意。"奶奶还是不说话,"我还做了土豆泥。你还想让我怎么样?振作起来,挪挪屁股好不好?"

"我没有去医院看他最后一眼。"奶奶把脸埋在手里，失声痛哭。

"很遗憾，奶奶。"她走向摇椅，拍拍奶奶发抖的肩膀，"真的很遗憾。可是如果不吃不喝，你也会死的，到时候我怎么办？我需要你。"

奶奶抽了抽鼻子。"才怪，"她喃喃自语，"你啥时候需要别人了？"

"需要，这是大实话，我真的需要你。要是——要是伯尼打电话过来，你不在了，我也被福利局接走了，怎么办？伯尼怎么办？"她晃晃奶奶的肩膀，"你也要承担起责任来，奶奶！"

"你可真是口无遮拦。"奶奶抽出一条破手帕擤了鼻涕，"好吧，扶我起来，小丫头，我全身僵硬、四肢发麻。"

奶奶一副爱吃不吃的样子，安琪儿又是苦求又是哄骗又是威胁，才让她咬了三口烤鸡，吃了一勺土豆泥。"怎么没有肉汁？"奶奶问。

"如果你再吃两口烤鸡，我保证明天就给你做肉汁，好不好？真是的，比伯尼还难搞。"

"嗯。"奶奶微微一笑。

她没跟奶奶提望远镜的事儿。还是过一阵子再来讨论雷的遗物吧,它们还在拖车里原封未动。而且,她也不知道望远镜重不重,自个儿能不能把它从拖车搬到家里。雷去世后的第一个晴朗之夜,她跑去牧场,心里仍隐约抱有一丝希望,虽然她明白雷不可能再出现了。

真是观星的良夜。当然,雷不在,但她仅凭肉眼,就找到了壮观的仙女座星系。如果好人去世后真的可以上天,那观星人应该就在那里吧——在那个壮丽的星系里。那他可能离我也有两百多万光年之遥,可是他会一直在那儿,与另一个星系的星星一起绚烂地燃烧。

"嗨,观星人,"她低声说,"是我,安琪儿。你会永远活在我心里。我保证。"

★ ★ ★

奶奶渐渐恢复了生气。"我的命硬。"她说。这倒有几分道理。以前她只有豆子和桃子罐头充饥,不是照样活得好好的?安琪儿不想扔下她一个人,可是她平日要去上学，周末要去杂货店和图书馆。

有了丽莎小姐，不用担心借不到好书，这其中包括短小有趣的绘本，她可以大声读给奶奶听。有时候为了跟丽莎小姐说话，她会故意逗留得久一点儿。她们说起雷·摩根：他原本一直很想上大学，成为天文学家，可是阴差阳错参军入伍，短时间内经历了太多的杀戮，以至于退伍后好些年不能从痛苦和恐惧中走出来。

安琪儿如果晚回家，奶奶就会发脾气，怀疑是丽莎小姐故意留她，可是安琪儿需要跟丽莎小姐相处的时光，超过其他任何时间。雷·摩根下葬后的那个周六，丽莎小姐给她读了自己最爱的诗歌，是诗人罗伯特·弗罗斯特的作品。在雷·摩根风华正茂的时候，这位诗人也住在佛蒙特州。

诗人想象自己在跟星星说话，并非许愿，而是发问，好像他想弄明白作为星星有何体验，临了却发现星星没有详述，反而对他有所要求：

不愿屈尊于天际，
它对世人所求无几。

只求保持一点儿高度,
在群氓过度毁誉
骑墙摇摆之时,
选择像星星一样的东西,
让心灵一以贯之坚如磐石①。

"啥意思?"她问丽莎小姐,"我听不明白。"

"我觉得你明白,"丽莎小姐说,"我觉得你比我认识的几乎任何人都明白,该如何面对别人的责备、嘲笑或打击。我觉得你懂得如何坚守自己的心灵,像星星一样强健和高蹈。"

安琪儿瞅着眼前这个驼背的老妪,"高蹈"这个词似乎既陌生又真切,虽然她觉得丽莎小姐过于高看她——软弱绝望、濒临崩溃的时刻于她时有发生——但仍然值得追求,对不对?不论别人对你是有所成就还是有所辜负,你自己都要试着做一颗北极星,在纷乱的黑暗世界里岿然不动、光彩熠熠。

---

① 节选自罗伯特·弗罗斯特的诗作《选择像星星一样的东西》。——编注

她问丽莎小姐能否把诗集借回家。这首诗她想反复阅读，也许永远也读不懂，她知道的。但她还是希望这首诗能内化于心，成为她的一部分。

★　★　★

安琪儿一拐上车道，就瞅见了车子。不是全新的，但几乎一尘不染，与乡下地方的车子很不一样。在瞅见驾驶室里那个衣装整洁的中年女士之前，她的心就开始扑腾了。他们终于找到她了。她很想拔腿就跑，可是手里拿着一本书和一袋杂货，想跑也跑不起来。而且，为时已晚，那位女士已经看见她，从车里出来了。

"嗨，安琪儿，"她说，"我是莫里斯。"

安琪儿左手紧紧抓住那本罗伯特·弗罗斯特，并且用屁股顶了一下右胳膊上的大杂货袋。"嗨。"她说。

"来，"中年女士伸出手来，"我帮你拿东西。"

"没事，我可以。"她用眼角的余光，瞅见奶奶站在门廊上张望，"你想见我奶奶吗？"

"已经见过啦。实际上，我在等你。"她看了一眼满是废品的院子,"有没有说话的地方,只有我们俩的?那个炼糖的小棚屋,可以吗?"

安琪儿摇摇头,嘴里却说不出所以然,总是这样。她清了清嗓子:"里头……全是杂物,跟仓库一样,你知道的。"难道凌乱不堪的小棚屋也对自己不利?就因为爸爸藏匿过?

"那就坐车里,你介意吗?"

介意。一旦上了社工的车子,你永远不知道最后会去哪儿。可是女士已经打开后车门,在伸手跟她要杂货袋。"来,"她说,"你为什么不把死沉死沉的袋子放后面,然后跟我一起坐前面呢?只要车子不动,未成年人坐前座不算违法。"开了这么一个玩笑,她自己忍不住笑了。

安琪儿只得把东西搁后面,绕到前座。她故意开着车门,不是想跑,而是不想有种落入陷阱的感觉。她像伯尼抱住大熊那样,紧抓着那本罗伯特·弗罗斯特。"让心灵一以贯之坚如磐石。"

"什么书?"社工问。

"一本诗集。"

"真棒。"中年女士沉默了片刻，透过挡风玻璃盯着前方。她的手指有节奏地敲击着方向盘，但并没有发出什么声响，"我们有麻烦了，安琪儿。"她终于开口说话。

是你们有麻烦。我好着呢。

"你知不知道，你爸爸说，他之所以逃离工程队，是为了见你？"

工程队？她怕露馅儿，一时没作声。

"被警察抓回去后，他是这么说的——他想看看你是什么情况。他说之所以逃跑，是因为你给他打过电话。你很难过，他说，因为你妈妈把弟弟接走了，留下你跟太奶奶一起过。"

所以假释什么的，都是撒谎。安琪儿咬紧嘴唇。还是别说话了，甚至，连他们知不知道伯尼在哪儿也不要问。

"我们迄今还没找到你妈妈和弟弟，但我们必须过来看看你。我们完全不知道你被妈妈遗弃了。"

"我在这儿挺好。奶奶很好相处。"

"哦，关于他的奶奶，你爸爸可没有说好话。当然,我们明白有时候家人就是……"她还是目视前方,手里紧紧握着方向盘。

"是因为以前的一些事,爸爸才生气。他跟警察说妈妈的坏话,也是因为妈妈在他坐牢的时候没有在后方全力支持,所以他生气了。可能他也在生我的气。"她忍不住脱口而出。

中年女士猛地看向她。"他没有任何理由生你的气,安琪儿。你爸爸的毛病固然很多,但我觉得他是真心关心你,想确保你没事儿。"她似乎想从安琪儿的表情看出她是不是在撒谎,"但他不相信你的太奶奶有能力——"

安琪儿盯着她的脸。"不,她有能力,我向老天发誓。我们处得很好,你可以问问别人。"

"这就是问题,安琪儿。我能问谁呢?"

"你可以问我,还有奶奶啊,还有谁比我们更了解情况?"

"安琪儿,几年前我们的同事跟你询问你妈妈的情况。还记得你当时是怎么说的吗?你说她在慢慢转变,一定会成为你和伯尼的好妈妈。"她停下来盯着安琪儿的眼睛,"所以,我不敢保证,你的判断总是对的,宝贝。"

"你不能把我带走。求求你,不要。"

"我也不想,安琪儿,可是我的职责就是确保你没事,如果可能的话——"她的笑容有点儿勉强,"——甚至确保你开心。"

开心,开窍吧……奶奶这会儿扶着门廊的柱子,一张老脸已经皱成梅干。远远看去,好像她随时会被刮跑,如果不咬牙坚持的话。打起精神,奶奶,别让她看出来你像黑洞一样坍塌了。"还有别人知道我们一起过得很好。"

"这附近的人家,你们时不时会见面吗?"

"是的。丽莎·欧文小姐,她和奶奶是一辈子的朋友,我自从夏天搬过来后,也跟她成了朋友。我们——我时不时去找她,奶奶上周刚见过她。"没必要告诉她是在葬礼上,而且她们在这之前大概有一百年没有见过面了。

"哪里可以找到你们的这位朋友?"

"她管理图书馆,她是一个图书馆馆员,他们家人都是图书馆馆员。杂货店和教堂之间的那个小房子就是村里的图书馆,门上有个大牌子,上面涂着她的名字,你不会错过的。"安琪儿忙不迭从车里出来,心满意足地撞上前车门,从后座取走杂货袋。然后屁股一扭,又把后车门撞上。"丽莎·欧文小姐,"安琪儿对着密闭的车窗大声喊,"她可是市民楷模。"

中年女士摇下一半车窗。"收到,安琪儿。别担心,回去的路上我就去拜访丽莎小姐。"然后她摇上车窗,发动引擎。

"还有,跟我爸爸说一声,我好极了,可以吗?"安琪儿忍不住大声嚷嚷,脸上笑开了花,而且她恨不得蹦蹦跳跳地冲向门廊——奶奶在那儿等着,像一只挨了揍的小狗萎靡不振——以此证明她身心健康、无比开心。她用空出来的那只胳膊搂住奶奶的肩膀,用力摇晃。中年女士透过挡风玻璃对她们点点头,开始倒车。

"她会把你带走吗,安琪儿?"

"不会。"安琪儿把沉重的杂货袋换到另一只手上,看着车子转弯出了车道,"不会。我会让丽莎小姐说服她,她刚才被我说得一愣一愣的。可以帮我开门吗,奶奶?我得赶紧放下袋子。"

"你说啥呢,丫头?让她去问丽莎·欧文?鬼知道那个女人会说我什么坏话!"

"请开门。"

奶奶开了门,跟在安琪儿身后惴惴不安。"丽莎·欧文?简直不敢相信。你不知道那个驼背老女人最喜欢诋毁我吗?"

安琪儿把杂货袋搁在桌上。"她一定会说,我有一个好可怕的奶奶,而我真是三生有幸,竟然跟她一起住。"

"她不会这么说!丽莎·欧文知道好歹,虽然我六岁起就对她恨之入骨。"

"她不会这么说,因为她喜欢你,奶奶。可是该说的还是会说,因为她是丽莎·欧文。丽莎·欧文就像乔治·华盛顿,她不会撒谎。"

奶奶有点儿气急败坏。"看吧?我就是这个意思。一个完美到不会撒谎的人,能不遭人恨吗?"

21 小星星亮晶晶

马上要到感恩节了,伯尼终于打来电话,谁也没有这个心理准备。"安琪儿,"他扯着小嗓门说,"快来接我。求你了。"

"伯尼!你在哪儿?"

"医院。我受伤了。"

"咋回事?"

"来接我就是了,安琪儿。我想跟你回家。"

她用手捂住话筒。"奶奶,"她说,"是伯尼。"

"我又没聋。他在哪儿?"

"哪家医院，伯尼？"

"我不知道。"

"找人问问。妈妈在吗？"

"在，但我不知道她去哪儿了。"

"伯尼，叫护士来，我要跟护士说话。"

"我想回奶奶家。"

"我知道，伯尼。可是不知道你在哪儿，我们怎么接你？叫护士来，让我跟她说话。现在就叫。"

她听到他在电话那头嚷嚷，有人没好气地让他小声点儿，还指责他未经许可打电话，然后，传来一个不同的声音："你好，哪位？"

"我是伯尼·摩根的姐姐。"安琪儿说。

"我可以跟大人说话吗？"

"奶奶，他们找大人。"

奶奶从摇椅上起身。"喂？"她对着电话大声喊。

电话那头声音很尖，听不清楚说了啥，奶奶这头一直在"嗯嗯"。就在安琪儿差点儿要爆发的时候，奶奶说了最后一声"嗯嗯"，挂上了电话。

"他在哪儿？出啥事了？"

奶奶一声长叹:"他们在巴里,雷待过的那家医院里。"

"要紧吗?"

"伯尼好像打了绷带。不过他跟我一样,命硬。"

"妈妈呢?"

奶奶不住摇头。"不知道。那个家伙喝酒了……"

"哪个家伙?"

"我咋知道?她的男朋友吧,我猜。"

"被他打了?"

"没说。他们都在车上。出车祸了。"

"她从来不给伯尼系安全带。我都提醒她多少次了!"

"别急,大声嚷嚷没用。"她又摸向摇椅,"我觉得,你得跟那位完美女士说说好话,请她叫个车送我们一趟。"

★ ★ ★

鸡飞狗跳的几小时过去,丽莎小姐才找到她的侄孙。等埃里克下了班开车过来接她们,又耽搁了好些时间。"你想让我一起去吗?"丽莎小姐问。

她怎么说才好?她当然想丽莎小姐一起去,又担心这么一来,奶奶很可能撂挑子不去。"社工的事儿她很感激,你这么用力挺她。我不知道,可能这对她来说有点儿难——"

"安琪儿?"

"在。"

"那我还是不该去,对吗?"

"对不起。她真的很感激你,她就是不会表达。"

"没事儿,没事儿,我明白。你别担心这个。埃里克不用半小时就能到医院,代我跟伯尼问声好。"

安琪儿和奶奶坐在埃里克那辆老别克的后座上,感觉就像两个陌生人在搭同一辆出租车,她们互相都不说话,更别说跟埃里克了。他们没啥事吧?我的天,为啥她老是不听我的?别坐喝酒的人开的车。记得系安全带。终于到了医院,埃里克说:"我停好车在大厅等你们,好吗?"

"谢谢你。"安琪儿说。奶奶还是一言不发。

跟服务台的志愿者问询也得靠她。那人留着一绺儿灰色的刘海儿和牙刷一样的小胡子，查询电脑的时候，噘着嘴，身子还扭来扭去。好不容易等他停下来不动，盯着显示器。"显示有两个摩根。"他说，好像这是一个问题。

"没错，伯尼和弗娜。"安琪儿说。

"你们是亲戚吗？"他狐疑地盯着她们。

"弗娜是我妈妈，伯尼是我弟弟。这是我奶奶。"

他还是盯着电脑，仿佛电脑可以识别出她是不是在撒谎。

"听见没，"奶奶厉声说，"哪个房间？"

那人哼了一声。"伯尼·摩根在儿童病房，不过弗娜·摩根太太在重症监护室，只有直系亲属才可以进去。"安琪儿觉得浑身冰凉。观星人当初也在重症监护室，好像人快死了都会被送去那儿。她觉得口干舌燥，说不出话来。

"哦，"奶奶说，"我们比你说的'直系'还直系。我们先去看小男孩。他在哪儿？"

奶奶在电梯里又开始不说话，不停地摆弄着手提包的破搭扣。安琪儿则含着食指，啃起了指甲。哦，伯尼，伯尼，千万别有事儿。电梯到了伯尼的楼层，她们一直犹豫着不动，直到门都要关上了，安琪儿抓住电梯门的胶边撑着，才出了电梯。

依据门号寻找伯尼的房间时，她的胸口好像负着一块铁锭，沉甸甸的。"就是这儿！"她说，更像是说给自己而不是奶奶听的。然后她深吸一口气，进入病房。

在离窗户最近的病床上，伯尼正背对着她们看电视。他的右腿挂在一个从天花板上垂下来的滑轮装置上。装在墙上的电视屏幕让他看得入迷，连安琪儿走到床边，他也没瞅见。

"嗨，伯尼。"

他的小脑袋犹如鞭抽般转过来。"我还以为你不来了。我一直等啊等。"

"我们尽快了，伯尼。我们只能搭别人的车，你也知道。"

"我敢打赌你不知道，我是怎么弄到奶奶家的电话号码的。"

"不知道，我也好奇呢。"

"我打了911。"

"伯尼!那是紧急报警电话!"

"没错,可是我不知道你们的电话啊。接电话的女士真是个好人。"

"我现在就写给你。"

"太迟了。你让我叫护士后,电话就被他们拿走了。"他噘着嘴,"我再也不能给你打电话了。"

"哦,别担心,我们来了。"安琪儿摸摸他的瘦胳膊,"跟奶奶打个招呼。"奶奶还站在门口,好像不敢靠近。

"我正想说呢,安琪儿。你不用老是叫我做这个做那个的,知道不?你好,奶奶,"他盖过电视的声音说,"我的腿毁了。"

奶奶迈着小碎步进屋。"是吗?"她挺起腰板走过来,"嗯。我也觉得需要一个解释,你这个小帅哥还没有帅到这个地步,需要像画一样被挂起来。"

伯尼被逗得咯咯笑,但马上又止住了。"伤得挺重的,"他说,"他们甚至不让妈妈来看我,我觉得我快完蛋了。"

"你这是捣蛋，不是完蛋。"奶奶说。

"才不是。"

"哇，小朋友，你可别忽悠我。我还不懂你？给我拿把椅子，安琪儿。"安琪儿拿了椅子，搁在伯尼床头附近，奶奶啪的一声坐下来，"这个电视好看吗？"

妈妈。看到伯尼没有大碍，松了一口气的安琪儿差点儿忘了妈妈。虽然没有大人陪同，但愿他们愿意让她进入重症监护室。无论如何，试试再说。"你们俩好好的，好不好？我马上回来。"没等他们回答，她就溜出房间。

★　★　★

"打扰了，我想看我妈妈。"她对护士站埋头工作的人说。护士抬起头来，安琪儿发现自己认识她。"我叔爷爷就是你照顾的，"她说，"雷·摩根。"

"你就是摩根家那个小丫头，对不对？"护士摇摇头，站起来，绕过圆桌，"有时候真是祸不单行，对不对，宝贝？"她搂着安琪儿，悄悄带她去弗娜的病房。

见识过观星人像恐怖的科幻电影里的角色那样躺在重症监护室,再看到弗娜就不那么吃惊了。虽然没化妆的弗娜看起来可能更糟,而且鼻青脸肿的,好像刚打过职业拳赛。夏天时被她染成红色的头发,直溜溜、油腻腻地被压在白色枕头上。各种管线像奇怪的彩色藤蔓似的从她身体里冒出来,连鼻孔里也插着绿色管子。

"只能聊几分钟,好吗,宝贝?"护士说,"我们不想让她太累。"

安琪儿点点头。她勉强地走到床边,叫了一声:"妈妈。"

弗娜顺着声音转头。似乎转头和睁眼这两个动作耗尽了她所有的力气,所以她的声音像游丝一般微弱。"安琪儿?"

"是我。你怎么样?"

"不算好。你见过伯尼了?"

"对,就在刚才。他没啥事,正看电视呢,跟奶奶说着话。"

"你怎么知道我们——"

"伯尼打来电话。我们一找到车就赶过来了。"

"对不起，安琪儿，所有这一切……"

"别担心，妈妈。我没事儿，伯尼也是。倒是你自己要快点儿好起来。"

"什么事都会被我搞砸，对不对？你和伯尼一起也许会更好，如果……"

"我和伯尼都需要你，妈妈。你不知道，我有多想你。"

"我也不想离开你，安琪儿，可是跟我一起生活的那个家伙，只可以忍受有一个小孩，再多就受不了。"她扭过头去，"我应该把伯尼留给你，你不会让他出事的。"弗娜皲裂的嘴唇似笑非笑，"你是一个比我还合格的妈妈。"

"你要喝水吗？"床边的桌子上有一个玻璃杯，杯里有一根弯弯的吸管。安琪儿端起杯子，把吸管伸入弗娜的嘴里。弗娜奋力抬头，吸了一口。

"谢谢，宝贝。"她往后躺，闭上了眼睛。

她打算放弃了！放手，把一切扔给我吗？不，不可以。至少这回不行。安琪儿放下杯子，清了清嗓子。"妈妈，听我说，只要医院一同意，我们就接伯尼回家。你也要保证回家来——等你身体好了。我们都想你回来。"

"包括奶奶?"

"尤其是奶奶。不知道怎么做大人的她早已疲惫不堪了。"

"我觉得你早就是小大人了,宝贝。一直都是。"

"我比奶奶更不想做大人。我还不到十二岁,妈妈。我不应该做大人,那是你们的角色。"

"我可能没有机会了,安琪儿。"她抬起一只手,上面接着一个大概一英寸长的管子,但是又虚弱地落到床单上,"我的身体被搞得乱七八糟——"

"你一定会好的,听到没?别在我们面前这么窝囊,你可是我们的妈妈!"

"好啦,宝贝,"她说,"我会努力的。我向你保证。"

安琪儿忍不住想哭,眼泪已经在打转,可是她不能示弱。弗娜一定要好起来,眼泪可能会让她觉得可以放手了,再努力也不会有意义。安琪儿不能给她机会。

"听我说,弗娜·摩根,我不要你的任何保证。你一定要好起来,回家,别的都不许想。听到没?"

"听到了。"她说,干巴巴的嘴唇上露出一丝笑意,"听到了,宝贝。你是老大。"

"我不是老大,我还是孩子呢。听到没?"

"都听你的。"这回她真的笑了,睁着的眼睛里,似乎有生命之火在闪耀。

★ ★ ★

白天下了一两英寸厚的雪,堆满杂物的院子也蒙上了一层霜天雅致。安琪儿铲出一条几英尺长的小路,可以从屋子通到院子,又从厨房搬来一把椅子,从伯尼的床铺拿来被子。伯尼的腿还很虚弱,不能久站,可是今晚势必会繁星满天,她不能不跟伯尼分享。她扶着他一瘸一拐出了屋子,坐在椅子上,又用被子裹住他。

"不会冷吧,伯尼?"

"不冷,"他说,"我喜欢在户外。"他打量着周围被雪覆盖的杂物堆,又抬头仰视星空,"许愿,安琪儿!"他指着天上说。

319

"那不是恒星,伯尼。是行星。"

"那也是星星,反正我要许愿了,你别拦我。"

看来今晚用不着给伯尼上天文课了,徒劳一场。"许啥愿呢,伯尼?"

"但愿妈妈明天回家后,就再也不走了。"

"这是一个好愿望。"

"你呢,安琪儿?"

"希望我们一家人开开心心在一起——你和我,和妈妈,和奶奶,和丽莎小姐,和埃里克,和——"

"还有爸爸?"

她深呼吸。"没错,"她说,"还有爸爸。"

"你还记得我以前许过愿,不想让他回家来吗?"

"是的。"

"很不好,对不对?"

"哦,你几乎不了解他。他一直在牢里。"

"我敢打赌,他比杰克更喜欢我。"

"哪个杰克?"

"让我们出车祸的那个家伙。"

"哦。"

"他一直很生气妈妈接我回去。"

"他是不是对你很不好?"她有点儿怕。

"有点儿。我不喜欢他。"她不敢再问。要是伯尼曾挨过那个陌生杰克的打,她一定会很难受。"爸爸也会对我不好吗?"他问。

"从小到大,他从没动手打过我。记得吗?我那头大熊就是他送的,我跟你说过。"

"哦,没错。"

"他干过很多蠢事,没准儿现在还是那样,但是,他对我、对你都没有不好过。我觉得——我知道他很爱我们。"

"那就好。"伯尼伸着腿说。

"你的腿还疼吗?"

"有点儿,"他说,"等妈妈好了,我们再一起去监狱看他,好不好?"

"太好了,等她身体恢复了、强壮了,不过还是要问问她。"

"安琪儿?"

"啥事,伯尼?"

"我走了之后,可想你了。"

"我也想你,伯尼。"

"我一开始还以为,妈妈是我一个人的了,太好了,后来发现我错了。你不在,我会不开心。"

安琪儿使劲咽了一下口水。"我们一定要在一起,伯尼。这才是一家人。"

"对。"他说。

"你冷不冷?"她又问。她已经把他裹得严严实实,可是十二月的天气冷起来可以咬人也可以蜇人。

"有点儿。"他说。

"要回屋吗?"

他摇摇头。"再待一会儿。"他们一起遥望星空,安静了很久。"安琪儿,"他终于开口,"星星为什么会发光?"

"那是因为它们在燃烧,伯尼。"

伯尼"哦"了一声,星星的火焰在他眼里闪耀着。